ある樺《から》太《ふと》廳《ちょう》
電信官の回想

佐藤 守
Mamoru Sato

青林堂

ある樺太廳電信官の回想

目次

第一部　少年よ、大志を抱け

幼年時代・ニシン漁の衰退

局長の了解が得られると直ぐに小樽《おたる》・大泊《おおどまり》間の定期船便を新聞広告で調べて出発準備に掛かった。

その日の夜は局長宅で、局員全部、といっても私の他に配達係が三人だけの、ささやかな送別会が開かれたが、私の渡樺（樺太へ渡ること）を知った同窓会や、村の青年会が臨時総会を開いてくれたり、友人が招待してくれるなど、心のこもった送別の宴が続き嬉しい悲鳴を上げた。

時正に大正六（一九一七）年の夏、文月《ふづき》十三日に、志を立てた十八歳の田舎者である私は、未開の地・樺太を目指して単身、故郷を旅立つ日がきた。

朝八時に、いつの間にか村を出る者が見送りを受ける場所となってしまった、村外れの海沿いにある「訣別の場所」に、緊張して立って村の衆にお別れとお礼の言葉を述べると、青年会長の音頭で盛大な万歳三唱になった。

それが終わると、隣村の本目《ほんめ》まで見送ってくれる二、三の友人と共に、十八年間住み慣れた故郷を後にした。

まるで、文化五（一八〇八）年四月十三日に、幕府から命を受けた当時二十九歳の間宮林蔵《まみやりんぞう》が、宗谷岬の西側の海岸線から、松前奉行の松田伝十郎とともに、第一次樺太探検に出発した時のような雰囲気であった。

瞼には母と、短い期間ではあったが世話になった永豊《ながとよ》郵便局の局長夫人が、訣別の場所でいつまでも立って泣いていた様子が染み込んでいる。

翌朝汽車で小樽に向かい、旅館に一泊して弘前丸に乗船し、大泊に入港したのは大正六（一九一七）年七月十六日の晴れた日の午前であった。

私、内藤芳之助は、明治三十一（一八九八）年九月に、北海道島牧郡島牧村に生まれた。村の名前の由来は、昔の「シマコマキ」（アイヌ語で「シュマコマキ」。岩石のある所という意味らしい）と言われているが、明治二年に「島牧」と改められ、同三十二年に郡の下に東島牧、西島牧の二か村が置かれたが、昭和三十一（一九五六）年九月に町村の併合が盛んに行われた時に再び東西が合併され一郡一村に逆戻りしてしまった。

島牧郡は北海道の西部に位置していて日本海に面し、南は瀬棚町、北は寿都《すっつ》町に接して横たわる、延長約四十キロに亘る海岸沿いに、歌島《うたしま》、本目、栄磯《さかえいそ》、豊浜《とよはま》、永豊、江ノ島《えのしま》、元町《もとまち》、原歌《はらうた》、栄浜《さかえはま》等という、専ら漁業に明け暮れる村落の連なりであり、島牧郡一帯は風光極めて明媚な地帯である。

昭和四年頃の永豊村

南端には秀峰・狩場《かりば》山が聳え、麓の茂津多《もった》岬からは、北に歌島山の裾野に当たる弁慶岬が突き出ていて、その先には延々数キロに及ぶ雄大な積丹《しゃこたん》半島が、あたかも日本海を抱き抱えるが如くに薄青く浮かんで見える。

島牧郡は、その茂津多岬と弁慶岬との中間の弓なりに窪んだ入海の部分に当たる漁村である。

そもそも、島牧が早くから開拓されたのは、元和八（一六二二）年蝦夷地時代に「シマコマキ」の中央部、永豊の村外れを流れている泊川の上流から、砂金が採集される事を知った松前藩が、金山奉行を永豊に派遣した事に始まった。

明治三（一九七〇）年に永豊に置かれていた「運上屋」制度が廃止され、代わって「本陣」が置かれると、開拓使であった初代小川九右衛門が権少主典《ごんしょうさかん》に任命されるのだが、明治三年といえば、平民の苗字が許された年であり、四年には廃藩置県が実施された年である。

明治五（一九七二）年になると、永豊にも戸長《こちょう》役場が置かれ、三代目小川九右衛門が初代の戸長（村長）に任命される。四代目の小川九右衛門は福島県伊達《だて》郡から渡道（北海道に移住）した人で養父の従兄弟に当たる。

この頃はまだ、永豊の人々は小川家を「本陣」と呼んでおり、大勢の使用人を置き、泊川のアイヌ達の世話や、数か所にある建網漁場の取締り、色々な物資の取扱いを監督するなど、正に「本陣」そのままであった。

私の養父は、小川九衛門の後を追って一攫《いっかく》千金を夢見て福島県保原《ほばら》村から渡道した人物だった。

そして、その「本陣」の援助で、萬荒（よろず）物商を開店し、小川支店の暖簾《のれん》を貰って順調に商いをしていたのだが、子宝に恵まれなかったので、本陣お抱えの船大工の次男であった私を養子にしたのであった。

当時の島牧郡一帯は、鰊《にしん》の千石場所といわれるほど鰊が大量に取れる事で有名で、永豊だけでも建網漁場が十数か所にも及び、毎年三月上旬になると、鴎と共に函館付近の漁村はもとより、青森、秋田方面から「やんしゅう」と呼ばれる季節労働者たちが続々と乗り込んで来るので、部落中が急に活気づき、五月下旬の漁場の切り上げまでの間は、人口が激増する有様であった。

明治三十八（一九〇五）年四月一日、丁度、日露戦争の真っ最中で、我が国が奉天会戦に勝って国中が沸き立っていた頃に、私は公立島牧尋常小学校に入学した。満七歳であった。

日露戦争も勝利のうちに終わり、南満州鉄道株式会社が設立されるなど、国の内外が俄かに賑わいを増しつつある頃、栄華は長くは続かないとはよく言ったもので、明治四十（一九〇七）年、私が漸く十歳になった頃から鰊漁は不漁が続くようになり、ついに鰊という魚は、北海道の近海から姿を消してしまったのである。

漁師はもとより、村人達も皆あせり始めたが後の祭り、交通が不便で、鰊漁に代わる何の産業も望めない小さな村では、出稼ぎに行く者、村から去って行く者が続出して、かっての華やかなりし頃の面影は、日ごとに消え失せていったが、明治三十九（一九〇六）年、平穏であった「小川支店」にも、災難が降り懸ってきた。

連日の大雨で泊川が大氾濫《はんらん》して、川岸に買い置きの多数の薪がすべて流失してしまったのである。北海道では冬の暖房及び鰊の釜炊き用に欠かせない必需品だ。

勿論他の所有者達の分も流失してしまったので、海岸一帯に打ち上げられた蒔収集の事から、遂に裁判沙汰になった。

しかし不正は相手方にあったので、養父は自信をもって第一審に臨んだところ、意外にも養父側の代弁者が先方に買収されていたので裁判は敗訴になった。

養父は直ちに函館地裁に控訴し、相手方欠席のまま勝訴の判決が出たものの、敗訴を予期していた相手方は事前に財産の大半を処分してしまっていたため、結局共倒れになって「小川支店」も閉鎖する羽目になってしまったのである。

養父は、売られた喧嘩をやむなく受けて立つ事になったのであったが、世の中には正義が通じないことがある事を私はこの時に学び、「慎むべき事は争い事である」と肝に銘じた。

唯一の収入の道が絶たれてしまった内藤家は、労働経験がないから、当時の主たる産業である養蚕やイカ釣りが出来るはずもなく、また冬には屋外の仕事は出来ないので、まるで浪人武士のように、絵凧を作って売ったり、僅かばかりの畑で、馬鈴薯、南瓜《かぼちゃ》、野菜作り、天然海苔の採集製造などで辛うじて生計を立てていた。

このような状況の中で、進学などは思いもよらないので、私は進学を断念しようと「補修科に入って独学したい」と養父に相談したが、逆に厳しく叱られただけで、数人の進学組と共に、本目尋常高等小学校に進む事になった。

以来二年間、毎朝五時に起床して草鞋《ぞうり》履きで往復四里二十町（約十八キロ）の悪路を通学する。

体が比較的弱かったので、朝五時の起床と片道九キロの通学はかなり身に応えた。

大平《おおびら》部落までの約半里の間は「走り」といって、波風の荒い日は断崖絶壁に打ち寄せる波間を、岩から岩へと飛び渡り、時には波に追いかけられて通り抜けなければならないから、びしょ濡れになった事もあった。

しかしまた、凪《なぎ》の日には、帰り道で、波に乗って迷い込んだ鰯《いわし》の大群が岸辺に打ち寄せられている所を発見し、思いがけない大漁で、弁当箱や風呂敷などに詰め込み、身体中に鱗《うろこ》を一杯つけて、自慢顔で家に帰って夕べの食卓を賑わせた事などもあったが、初めの頃は疲労と寝不足とで貧血を起こし、よく小使室で休ませてもらうことがあった。だがこの難行苦行が、徐々に強健な体にしていったことは間違いない。

ある日、授業が終わって、同じ方向に帰る者が草履を履いているところに、担任の先生が通りかかったことがあった。

子供たちと話し合っていた先生が突然、「あっ、内藤の草履はちょっと変わっているな」と覗き込んだ。恥ずかしくて俯《うつむ》いたままで紐を結んでいると、隣の者が「内藤君の草履は自分で作ったんです」と先生に告げた。

勿論、悪意で言ったのではないが、当時、生活に困窮していた時であったので、自分で出来る事は父母に負担をかけまいと思い、毎日家に帰ってから、翌日の草履を一足ずつ作っていたのだが、疲れているし、時間も掛かるので草履の紐をとめる乳（俗称）が、本来左右に二つずつあるべき所を、一つずつに倹約していたのだ。先生はそれに気が付いたのである。先生は「うん、そうか。皆気をつけて帰りなさい」と言っただけで、職員室の方に戻っていったのだが耐え難い屈辱に思えた。

七月に明治天皇が崩御され、号は「大正」と改まったが、この頃から国内の不況は益々深刻になり、部落からの通学生はついに私一人だけになってしまった。

冬場に向かい日も短くなるので、それからは、月曜日から金曜日までは通学路の中間にある実家に私宿し、土曜、日曜に養家に帰る生活になる。

当然の事ながら幼い私にとって、血の通った実の親許から通学出来る事は何よりも嬉しく、時折、養家に帰らず、実家の傍の山の白樺林に親子で薪拾いに出掛けたりした。

空は青、地面は白、二色に彩られた雪道を、半里ほどで山麓に達し、そこから先は橇《そり》を押してだらだら坂を登りつめる。

現場に到着すると、実父は煙管《きせる》を出して刻み煙草をまず一服、兄と私は芋団子を頬張《ほおば》るのである。

そして気分だけでもポカポカとした北国の陽射しを受けて、薪拾いの仕事にかかるのだが、お昼になって弁当を開くと、小鳥が寄ってきて側の雑木の枝の上でピッピと囀《さえず》る。目前の海は、波一つない油を流したような静けさ。

実に表現し得ない天然の美と、働く事の幸福感を心行くまで満喫し、日が西に傾く頃に実父、実兄と共に、橇一杯に薪を積み帰路に就く。

兄は先頭の角柄《つのがら》を引き、父は後ろから制動の役、甘えた私は、薪の上にまたがり無賃乗車のお客さんといったところである。下り坂なので橇は快速列車以上に速度が出る。

明るいうちに実家に帰り着くと、その夜は細かく切った生木をくべたいろりの側で、実の親子四人が語り合うのだが、この時が一番嬉しく、懐かしい一日なのであった。

こうして曲がりなりにも高等科二年の課程を修了し卒業を迎える。そしてその何気ない謝恩会で、人生を左右する出来事に出会う。

尋常小学校高等科を卒業し社会へ

謝恩会は自分らの教室で、校長先生と受け持ちの先生の二人、それに三、四人の来賓が加わっただけの質素なものである。

来賓の一人の学務委員は、俳人らしい老人で、苦学生礼讃の話をした後に「苦学生、裏を剥《は》がして衣替え」との一句を付け加えた。

続いて郵便局長代理の上品な紳士が、「諸君よ、学ばんとするも学資無くんば、我が所に来《きた》れ」と、通信生養成所の説明をした。

卒業生のうち上級学校進学希望者は、旧制中学一、師範学校一の二人だけで、後は皆社会の荒波に船出する者ばかり。私もその中の一人だと思うと、真剣に来賓の話に耳を傾けた。

多くの人達に支えられて、高等科を卒業したのだということを悟った私は、大正二（一九一三）年三月下旬の残り少ない数日を、一人身辺整理や雑用をして気を紛らせていた。

しかし、二月に桂内閣が総辞職し第一次世界大戦前夜という不況の中、北海道の片田舎に適当な就職口があろうはずもなかった。

養父は私を医者にしたいと思っていたのだが進学させる資力はない。結局知人を通じて、寿都町の開業医に書生として使って貰うよう紹介したものの、小学校高等科を卒業したばかりの子供をそう易々と採用してくれるはずもない。

また、私自身も、全然見知らぬ人の使用人となっても、将来に希望が持てないと悩んでいた。

その時、高等科の卒業謝恩会で郵便局長代理が「学ばんとするも学資無くんば、通信生養成所に来れ」と話した事を思い出した。

養父に局員になる決意を告げると、トントン拍子で「臨時通信事務員」として局に採用される事が決まった。

時に大正二（一九一三）年七月十五日、満十四歳の時であった。就職出来たという事だけで、もりもりと勇気が湧いてきた。「上の学校に進学した者に負けてなるものか。よーし、やるぞ。今に見ておれ」と、心に鞭を打って局に初出勤した。

局長代理は同郷の旧家の三男で、通信生養成所出身の手腕家。寿都郵便局（特定三等局）に勤務していたのを、永豊郵便局長代理として引き抜かれた人物である。平素から家族ぐるみで懇意にしていたので、代理夫妻は弟のように可愛がって何かと面倒を見てくれた。

ところで三等郵便局・永豊郵便局は、代理の他に事務員一名、集配人三名、合計五名だけの小さな田舎の郵便局である。

局舎の三分の二程度は代理夫妻の住宅で、襖《ふすま》一つで事務室と間仕切りしているだけで、局内は実に家族的な雰囲気に包まれていたから安心してすぐに馴染んだ。

局員になって一番大切な事は電報の取扱いである。

まず「モールス」符号の「イロハ」四十八文字、その他の記号を合わせて約七、八十種の符号全部を暗記するように、と代理が参考書を貸してくれる。

同時に、予備のモールス機を倉庫から出してきて、通信術（トン・ツーの事）の実習にかかる事になった。

社会人になったばかりで嬉しくて張り切っている時だったので、符号は三日ほどで全部暗記してしまったが、「花」とか、「お早う」とか、熟語になると直ぐにはその符号が浮かんでこない。

そこで自由に練習出来るように代理にお願いして、隣村に電報がきた時に配達に出してくれるように頼むと、代理は二つ返事で許してくれた。

隣村までは往復二時間はかかる。この間の道すがら、人家のない所に来ると、目に入るもの全てを「トンツー」の符号に置き換えて、声に出して大きく言ってみる。

符号を考えながらではあったが、この方式はとても良い稽古になる。一週間ほどで、符号で自由に話すことが出来るようになった。

そんな事とは露知らない代理は、驚いて会う人ごとに私の勉強振りを自慢していた。やがて七月も末となり、代理から今月の給料だといって、金三円を渡された。当時電報配達は月六円であったから、見習い期間中は無料奉仕だと思っていたので辞退した。ところが代理は「局に勤めると臨時でも給料は出るのだ。今月は十五日からで半端だが、八月からは五円ずつ支給するようにと、局長から言われている」と笑いながら手渡してくれる。「有難いものだ」と思いながら押し頂いて、昼食時に家に帰り、代理から言われた通りに母に話し、五十銭銀貨六枚を差し出した。母は針仕事の手を休めて「よかったね。お前にあげるから何か欲しいものを買いなさい」と笑顔で言う。

そこで、四月一日から大日本国民中学会に入会して勉強していたので、中学講義録代、月五十銭の他に、幾らかの小遣いを戴く事で母と話が決まった。

この時の満足感と喜びは、一生忘れられない出来事になった。収入を得るという喜びは、社会人一年生にとっては、同時に社会から認められた証でもあった。

永豊郵便局は、原歌郵便局と本目郵便局との中間にある郵便逓送《ていそう》人の立寄り局だから、一日二往復、計四回逓送人が立ち寄る。

その時間帯は夏期と冬期では少し変わるものの、大体午前十時頃と午後四時頃の一号便、午後十時頃と午前五時頃の二号便なので、夜は逓送が来るまで寝ないで待つことが多かった。

逆に朝は、その復便が来るので五時頃には逓送人に起こされる。

そのほか時々時間外電報で起こされるので時間的には非常に不規則で、家に帰って寝る事が出来ない。

局に勤めて以来退職するまでの間は、局の宿直室で寝起きし、一日三回の食事に家に帰るだけであったが、幸い家が近かったので、集配人か、代理に替わりをお願いして自宅に食べに帰り、三十分ほどで局に帰るように心掛けていた。年中無休暇、しかも連日の宿直勤務だ。

これが現代であったなら、労働時間超過だとか、社員の酷使だとか、労働問題で大騒ぎになるのだろうが、当時は働く本人がそれで満足し、これが当然の仕事だと思っていたのだから、何の不満もないばかりか、むしろ当人らは誇りとしていたのであり、これが日本人本来の「仕事に対する自然な姿勢」だったのである。

事実、そんな労働環境が当時の田舎の三等局の姿であったが、社会人一年生にとっては当然の事として何ら疑問を持たなかった。

それは、特別の事でもない限り、お客が混む事はなく、一日十人か二十人が関の山であったのだから、その点は全く呑気なもので、強いて言えば、四六時中拘束されているのがむしろ苦痛といえない事もなかったが、それも気の持ちようで、勉強するには逆に絶好の機会であった。

よく晴れた日など、代理が出勤している時に隣村に電報が来ると、よく私が配達の代わりをした。筒袖の着物に袴をつけ、学生帽に〒印の帽章を付け、小型の鞄を下げていくのだが、大平川の有料渡船場も、巡査と局員は、一回二銭の料金が免除だ。それがまた誇りであった。

ある日、隣村の漁場気付で艀船《はしけぶね》配達電報（船まで届ける電報）が来た。山陽丸船長宛だ。配達が出払っていたのを幸いに、山陽丸見たさに「僕が行ってきます」と代理の許しを得て出かけた。漁場の親方が荷役中の艀船に便乗させてくれ、一キロ余り沖に錨《いかり》を下ろしている本船に横づけにされた。

山陽丸は鰊製品を積み込むため函館から来た蒸気船で、漁期ならではこんな田舎に来ることのない、当時では大型の積み取り貨物船だ。乗船して事務長に電報を渡すと、食事を御馳走になり、その後船内を見学させてくれた。

「本船は逓信省への届け出は九六〇〇トンとなっているが、実際は一〇〇〇〇トン以上ある」との説明だった。自分はこんな大きな船に乗って見たのは初めてだったのでただただ驚くばかりで、山陽丸の名前は忘れられない。

大正二（一九一三）年十一月十一日「臨時通信事務員」に任命された。

辞令には「通信事務員ヲ命ズ。月給金十円ヲ給与ス。永豊郵便局」とあった。また、十二月二十五日には、年末賞与として、辞令と共に金二円を支給された。

当時は「五等白米一俵が四円八十銭」だった頃だから、十円といえば、白米二俵買ってもお釣りが貰えるほどの「月給取り」になったわけである。

「養父母である両親の喜ぶ顔を見る」ことが出来たのは、何よりも嬉しい出来事であった。

向学心に燃えていたので、益々勉学に精を出し、第一次世界大戦が勃発する半年前に、通信技術特別検定試験を札幌で受ける事になった。

大正三（一九一四）年二月中旬、「臨時通信事務員」に採用されてから約半年で、熱望していた検定試験を受けるために、北海道逓信局通信生養成所に出頭することになった。ところが心配だったのは、試験よりも、臍《へそ》の緒を切って初めての一人旅の方だった。汽車にも乗った事のない田舎者だから、養成所までどうして行ったものかと心配で頭が一杯だった。局長からは札幌までの出張旅費も渡された。その上、隣近所から届けられた餞別《せんべつ》も、五十銭玉で八円余りある。

これを懐中にして、出発当日は寿都町まで徒歩（約二十キロ）で行き、夕方親戚の家に着き一泊した。

翌朝義兄たちから、特に「スリ」に気を付けるようにと注意され、汽車賃・馬橇代の外、弁当代として小遣い少々を財布に入れ、残り全部は、旅慣れている義兄が胴巻きに入れて、腹に縛り付けてくれた。

こうして、函館本線・黒松内駅までの約四里、二時間余りは馬橇の客になった。馬橇の隣の席には、札幌に帰る途中だという獣医さんが乗っていて、親切に話しかけてくれる。きっと旅慣れていないことが判ったのだろう。一切正直に獣医に打ち明けると「一緒に行くから心配するな」と力づけてくれる。

北国の二月はまだ寒い。小雪もちらついていたので途中で体が冷え、困った事に小便がしたくなってきたが、橇を止めて用便する勇気もない。

我慢してやっと黒松内駅前に着いたら、駅では発車の合図の鐘が「ガラン、ガラン」と鳴っている。

切符も買ってくれた獣医さんは、私を急《せ》き立てて、急いでホームの階段を通り、やっと座席に腰を掛けたが、小便の方が「目が眩むほど」切迫していた。そこで恥ずかしさも忘れて獣医に「汽車に便所があるのですか」と聞いた。

教えられるままに「やれやれ」と便所に飛び込んでみると、大便器だけが目に入った。「はてな」と横の方を見ると、少々高い所に小便器らしいのがあった。

「大人用だから高い所にあるのか」と勝手に思い込み、四苦八苦してやっと用を足し、「ほっ」とした気持ちで手を洗おうと周囲を見回して初めて気がついた。手洗い器の中に小便をしてしまったのである。

事態を悟って観念し、水を出して中をよく洗い流した後、自分の手も洗い、何事もなかったふりをして席に戻った。

初めて見た大都会・札幌

こんな大失敗をしながらも、とにかく、無事に札幌駅に着いた。札幌税務署に勤めている永豊出身者で兄のような存在の巌さんが駆け寄って来てくれたので、獣医さんには二人で厚くお礼を申し上げてお別れした。

初めて見る大都会・札幌。あかしや、白樺の並木の両側にはもう街灯が輝いていて、いかにも北海道一の代表都市らしい。

駅前からは巌さんに鉄道馬車に乗せられた。次々と見慣れぬ「都会人」が乗り込んで来るので、田舎者の私は馬車の中で小さくなっていた。

大通りに出て、石造りの大きな建物の前で下車すると「ここが札幌郵便局だよ。無事着いたと家に電報を打ちなさい」と言って巌さんは玄関に入って行く。

公衆溜り（ロビー）が広いのに度肝を抜かれた。電報受付に行って、電報に一円札を添えて出すと「二十銭だから小銭を持っていないか」と言われる。

そこで胴巻きから五十銭玉を出そうと、着ていたマントの中で袴の紐を解き、懐に手を入れて胴巻きの結び目を解いた途端、「どすん」と胴巻きが床に落ちたので、周囲の者が皆笑いだす。きまりが悪く、暫く顔が上げられなかった。

翌日は巌夫人に案内されて南七条にある通信生養成所に出頭した。

養成所主任（校長）に、受験に来た事を申告し、局長代理からの書状を渡すと、「分かりました。少々休んでから向こうの教室で練習しておりなさい。四、五十分で準備が出来るのでその時に呼びますから」と言って教室に案内された。

教室に入って初めて自分が試験を受けに来たのだ、と本来の我に返った。

田舎から大都会に出て来た者は、気持ちの点でこれだけのマイナスがある事をこの時悟った。受験者は一人だけであったので、別にあがるような事もなく、送信術と印字機受信の結果は自信満々であったが、初めて見る音響受信だけは、なにしろ音響機その物を見るのが初めてだったので「音」に対しての親しみがなく苦労したが、全力を尽くしたのだから結果は天に任せ、くよくよしない事にした。

主任は「結果は後日局長宛に通知するから、今後も弛みなく勉強して立派な局員になりなさい」と励ましてくれる。

迎えに来てくれた巌夫人に、市内を見物させて貰いながら帰宅、二晩お世話になった後札幌駅まで送ってもらう。

そして今度は寿都まで一人で帰り、義兄の家で胴巻きを返しながら、札幌郵便局での失敗談をすると、皆は腹を抱えて大笑いであった。

永豊に帰って数日後、逓信局長から永豊郵便局長宛の大きな封書が届いた。代理は「来た来た」と頓狂な声を出して早速封書を開け、合格証書を渡してくれた。「本当に代理のお陰だ」

昨年の七月に「臨時通信事務員に採用されて以来八か月、代理の真剣な指導と愛情の籠った援助、また周囲の方々の激励のお陰で、どうにか独り立ちの出来る通信事務員になる事が出来た」と感慨無量であった。

四月一日、養女の妹が小学一年生に入学、私は同日付けで月給金十一円（通信生養成所出身者の初任給）に改定された。

高等小学校を卒業して満一年にして、内藤家にも本当の春の兆しが見えて来たので、益々勇気が湧いてくるのを感じた。

「さあこれからが肝心だ。前途は長い。これを機に、時間の許す限り死に物狂いで独学を続けるのだ」と、小学生の頃に書いた座右の銘の「進取」を「終始努力」に書き改め、夜間実業補習学校、中学講義録による通信教育、他に書家・玉木愛石《たまきあいせき》の三体千字文を手本として、毎夜三十分程度の手習い、六日目ごとに清書一枚ずつ書く事にした。

稽古期間は二年余り。その後一年間は通信教育で札幌師範の習字の先生・石川悟桐師の門下生となった。

一方この頃、ヨーロッパでは、ドイツ・オーストリア・イタリアの三国同盟側と、ロシア・フランスの露仏同盟側とが対立を深めていたが、日露戦争後にイギリスとロシアが接近して、フランス・ロシア・イギリスの三国協商が成立、一触即発の状態であった。

そこにセルビアの一青年が、オーストリアの皇太子を暗殺した事が切っ掛けとなり、やがて二十七か国が参戦する、世に言う「第一次世界大戦」の幕が切って落とされた。

大戦の勃発と共に大隈内閣は、日英同盟に基づいて参戦を決意、八月に山東半島に出兵する。そして青島を攻略し、太平洋に逃れたドイツ東洋艦隊を追って、日本軍はドイツ領の南洋諸島を占領する。

満十五歳の私が、漸く一人前の社会人になった時代とは、このような、我が国が世界の一員として活動し始めた緊迫した時代でもあった。

ひたすら努力精進し、大正五（一九一六）年四月一日には、大日本国民中学会の通信教育を修了し、大正六（一九一七）年三月に島牧実業補習学校を卒業する。

しかし、変化も刺激もない片田舎の三等郵便局で、明けても暮れても郵便局業務に精励し、その傍ら寸暇を惜しんで勉学に励んでいたが、やがて自分の将来に疑問を感じ始めた。

村に残っている先輩や同僚達で、社会で活躍している者といえば、村役場の収入役、書記、小学校の代用教員などが良いところで、あとは親の仕事を継いだ、商業、農業、漁業従事者ではないか。

中には、早くも二十一、二歳で世帯を持って親父振っている者もいるが、そんな暮らしに満足できなかった。

「こんな所にいつまでもいれば、自分の将来は真っ暗だ」

その時頭に浮かんだのが、かの有名なウイリアム・クラーク博士の「少年よ、大志を抱け」

という言葉であった。

「勉強だ。勉強だ。田舎に燻《くすぶ》っていてはいけない。官吏になるなら、一人前の官吏にならなければならない。挫けるな。努力だ。そして、一日も早く都会に飛び出そう」熟考した挙句、私はこう決意した。

この頃我が国は、第一次世界大戦で青島攻略に成功した余勢を駆って、大正四（一九一五）年一月には、満州・内蒙古に関する権益の強化と保全のための対華二十一箇条の要求を発表する。

翌五年に、ロシアと第四次日露協約を結び、中国における権益を相互に承認し合う。

続く六年には、アメリカとの間にも中国の領土保全・門戸開放、及び権益を確認し合った、石井・ランシング協定を締結するなど、大陸へ、大陸へとエネルギーが膨脹し始めていた時期であったから、満十八歳になった男の血潮が沸き立たないはずはなかった。

しかし、今更転職する気にもなれない。

「折角身に付けた通信業務関係に進む方が有利だ。都会といっても、札幌や東京では、自分一人の生活も覚束ない。まして年老いた養父の面倒を見る必要がある」

樺太開拓移民募集

その時、迷っていた私の目に映ったのが「樺太開拓移民募集」という文字であった。

明治三十八（一九〇五）年、日露戦争に負けたロシアは、ポーツマス条約によって、韓国における政治・軍事・経済上の優越権を日本に譲り、旅順・大連などの租借地を譲渡し、長春以南の鉄道と付属炭鉱を譲り、日本海・オホーツク海・ベーリング海の漁業権を認めたほか、樺太の北緯五十度以南を割譲したのであったが、我が国は、明治時代にはさほど樺太の開拓に力を入れてはいなかった。それは「手が回らなかったから」というのが本音だろう。

しかし、日露戦争後十二、三年を経過したこの頃になると、政府も樺太の開拓に本格的に乗り出し、盛んに「開拓移民」を募集していた。

そこで私も決心して樺太に飛び立つ準備をする。しかし、養父の許しを得なければならない。夕食後に意を決して養父に決意を語ると、しばらく無言だった父は、仏壇の下の引き出しから一本の掛け軸を出してきて、「この軸は故郷の福島を発つとき、父がくれたものだ」と言い、さらりと広げた。

そこには幕末の真宗の僧、釈月性《しゃくげっしょう》が若い頃、大阪に勉学に赴こうとして、故郷を発つ時に壁に書いたと言われる有名な「男児立志出郷関、学若無成死不還、埋骨豈惟墳墓地、人間到処有青山」という七言絶句が書かれていた。

父は「男が志を立てて故郷を出るならば、学問が成就しないうちは死んでも還らない。骨を埋めるのは故郷の墓地だけではない。この人の世、どこにでも墓となる場所はある」という意味を教えて、激励してくれたのである。

「そうだ。人間到る処、青山ありだ！　きっと父も新天地を求めて福島県を出るときに、この掛け軸を親から渡され、激励されて北海道に移住したに違いない」

自分の決意を理解してくれた養父に深く感謝し、新天地に向かう決意をさらに深めた。

鰊漁が激減した郷土永豊からも、新天地・樺太へ、樺太へと移住する者が続出し、全戸数の一割以上に達する十数戸が、既に移住していた。

移住者の大半は不振になった漁業の再興が目的だったが、移住したそのいずれもが「成功している」という噂が、疲弊しきった村人達の心を一層浮き立たせていた。

目的が全く違う私は、既に樺太庁巡査をしている先輩から確実な情報を得ていたので、給料も内地本土の八割増しが標準という事も承知していた。

樺太は、北海道よりも寒い事だけは気掛かりであったが、燃料は充分だという。上級の局に入れる見込みがあれば、単身で行く決心で、まず、大泊にいる義理の叔父に「大泊局員で知り合いがいたら頼んで頂きたい」と履歴書を送っておいた。

一か月ほど後に、樺太の西海岸にある真岡《まおか》郵便局で採用したい、給料は今の給料より十円も高い、月給二十五円程度という返事がきた。

真岡局といえば、内地の一、二等局に相当する。早速局長に、自分の将来の希望を述べて、退職の許可を乞うた。

局長は「君はこんな田舎に引き止めておく人ではないと思い、自分なりに君の将来の幸福を考えていたのだが、こんなに早く別れる事になるとは思わなかった」と惜しみながらも快く承知して涙を浮かべた。

私も無言のままで頭を下げていたが、「誠の主従の関係はこんなにも麗しいものか」と涙が止めどもなく頬を流れていた。

北上して新領土へ

「とうとう来た憧れの樺太・大泊町。これが戦争に勝って得た新領土なのか」

民家が立ち並ぶなだらかな丘陵の背後には、亜庭《あにわ》湾を一望する高台が見える。港の南側には五ヵ所ほどの大型船用に作られた埠頭《ふとう》が見えた。

そのなかの一つに接岸した弘前丸の甲板から眼前に広がる港町を眺めて、私は少し複雑な気持ちであった。

樺太には四季がない。大半が冬で、六月にスズランの花がほころび始めると、島民は春の到来を感じるのである。

初めて渡樺して、景色が北海道とあまり変わらないように感じたのは時期がよかったからで、九月に入ると既に秋風が吹き始め、やがて長い冬の到来を告げる。

当時、北海道の小樽と樺太の大泊を結ぶ定期航路には、日本郵船の千二百トン級の上川丸、弘前丸、北日本汽船の九百トン級の大禮《だいれい》丸等、十艘ほどの貨客船が就航していた。

その後、樺太の大泊港の桟橋に鉄道の「大泊港駅」が建設されると、北海道の稚内駅との間に、客車ごと相互に乗り入れが可能な「稚泊《ちはく》連絡船」が就航する。

それは大正十二（一九二三）年五月一日のことで、大泊港はその後名実共に樺太の玄関口として栄えることになるのだが、当時は連絡船が唯一の交通手段であった。そこで私は、七月十五日小樽発の弘前丸で、大泊に向かったのであった。

大泊港には、義理の叔父が出迎えに来てくれていた。

大泊港から東へ亜庭湾を右手に見ながら一時間ほど歩いて、東湾内という、海岸に沿ってどこまでも続く小さな漁村にある叔父の家に着くと、祖母や叔母、従兄弟等が出迎えてくれていたので、「やっと樺太に来たのだ」という実感が沸いてきた。

ところがここに意外な客が到着を待っていたのである。

彼は数年前に郷里の永豊から、樺太の長浜に移住して漁業を経営して成功した組とされる小田島という老人であった。

彼は、私が樺太の真岡郵便局に勤めるため、北海道から弘前丸で渡樺する事を叔父から聞き込み、良い事務員に恵まれないで困っている大泊の東にある長浜郵便局の局長に、私が渡樺することを話したらしく、長浜局長から「長浜局に是非採用したいから世話をしてくれ」と頼まれ、八里（三十二キロ）も離れた長浜から駆け付け、叔父宅に泊まって待っていたのであった。

私は思った。

「樺太まで来てまで再び三等局に勤めるのなら、何も親を北海道に残して苦労してまで樺太に渡って来る必要はない。しかも自分は真岡局に採用内定の通知を貰ってきているのだ」

そこでその好意に謝した上で断ったのだが、小田島老人は強引で後には退かない。

その時叔父が「長浜局の局長代理は、二十三歳の世帯持ちで月給が十八円だそうだから、十八歳の芳之助が二十五円だと言えば、先方が断るだろう」と考え、老人に「真岡局と同額の二十五円出すならば」と切り出したところ、さすがに老人も困ったらしく「一応帰って、返事は電報する」と言って、午後の船便で長浜に帰って行った。

しかしこれが大きな躓《つまず》きの初めになるとは思いもしなかった。大難を脱したと思ってほっと

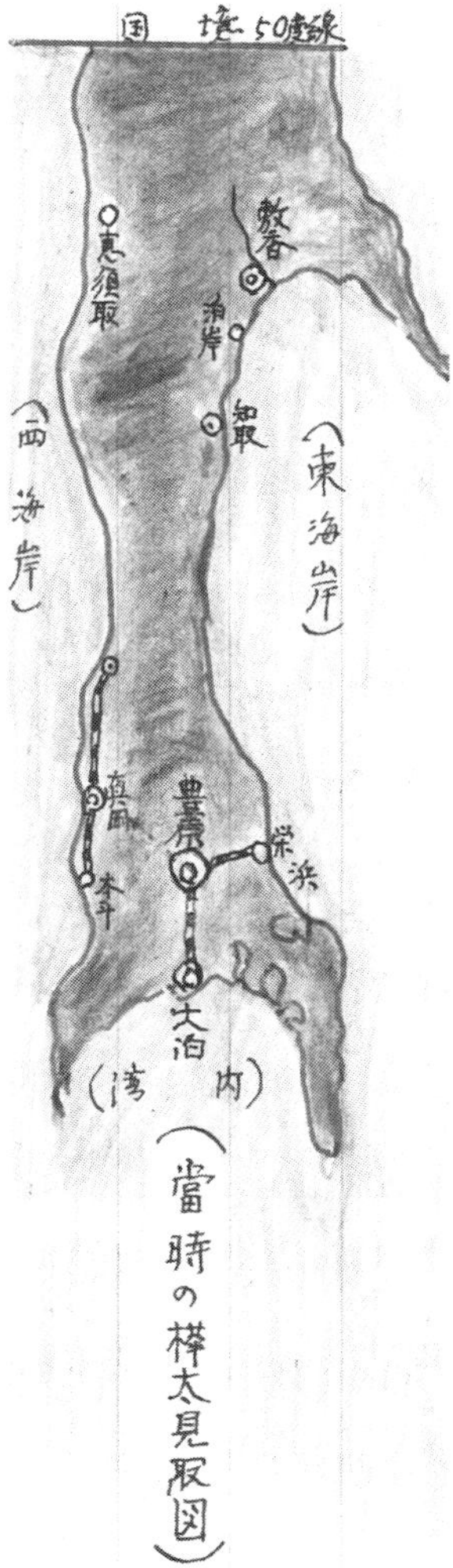

当時の樺太略図

していたその夜のうちに、「話は決まった。明日来られたし」と長浜局から電報が届いたのである。

人生には、思いもかけない分岐点があるものだ。

上級局の真岡郵便局に勤められると思って、勇躍故郷・永豊の三等局を出て来たのに、二十五円という給料の額は真岡局と同じだとはいえ、樺太に来てまでも、田舎の三等局に勤める事は受け入れ難い事であった。

しかし、世話になっている叔父の顔は立てなければならない。ところがそうすると今度は真岡局を裏切る事になる。

板挟みになった結果、正直に真岡局に事情を伝え、自分の代わりを紹介する事で了解を取り、郷里から預かってきていた親友で三歳年上の石田君の履歴書を真岡局に郵送した。

叔父の顔を立てて、上級の真岡局を友人に譲り、自分は田舎の三等局である長浜局に行くことにしたのであったが、この選択がやがて自分自身を苦しめる事になるとは思いもしなかった。

運命の長浜郵便局へ

翌朝、祖母が長浜の親戚まで行くというので、亜庭湾沿いの八里の道を長浜へ一緒に徒歩で出発した。

亜庭湾は、二本の半島が蟹の鋏のように挟んだ形をしているが、西側に続くのは能登呂《のとろ》半島と言い南端は西能登呂岬、東側には中知床《なかしれとこ》半島が突き出していて、その先端には中知床岬がある。

大泊から中知床半島に続く一帯は東湾内といって、漁村特有の小さな集落が海岸に沿ってどこまでも点々と連なっている。

しかもその家屋は山際に片側だけ並んでいて、家屋の前は砂浜だから故郷・島牧の海岸を歩いているような錯覚に陥った。

側道には、北海道と同じような雑草が生えていたが、まだ若芽が出たばかりで、気候は故郷・島牧よりも二か月程度遅れている、と感じられた。

身の回り品を一杯詰め込んだ柳行李《やなぎごうり》を背負って、感慨深そうに周囲の景色に見とれながら歩いていると、祖母は津軽弁で「ぽつりぽつり」と付近の様子を語りながら歩く。

祖母を労《いたわ》りながら、所々で休息を取るので、「雄吠泊（おほえどまり）」という部落までの二里の道程に二時間余りかかってしまった。

ここでも永豊出身者に出会ったが、三時間ほど歩いて着いた「奥鉢《おくばち》」という部落にも永豊出身者たちが大勢いて、長浜局で働く事になったと伝えると皆から喜ばれる。身内が増えた、と感じるからだろう。

十分ほど休ませてもらいながら、新天地を求めて郷里から数多くの村人たちが樺太に渡っていることを知って改めて驚いた。

「さあ、あとは三里ほどだ」という言葉に元気づけられて腰を上げ、再び祖母と一緒に長浜へと歩いた。

長い夏の日も漸く西に傾く頃、「ここは『里矢石《りやいし》』という所で、ここから長浜村になるのだよ」と祖母が教えてくれる。

高台にある叔父の実兄の家に二人で登って行った。

祖母が「漁期中はここで手伝いをしている」と言うので心強く感じた。寂しくなったらいつでも祖母に会いに来られるから……。

眼下に長浜村が見える。その名前の通り、百五十戸ほどの家が一列に長く延びていて、東湾内一の漁村だという事がよくわかる。

遥か左手前の方には、中知床半島が薄青く延びている。あの先が宗谷海峡でありその先が故郷北海道なのだ。

叔父一家に挨拶すると、既に小田島老人や局長から聞いて知っていたと喜ばれ、それから更に半里ほど離れた長浜郵便局に案内された。

局に着いた時には、既に辺りは薄暗くなっていた。

道路を隔てて直ぐ砂浜になっている場所に建つ局舎は二階建てで、郷里で勤めた永豊局よりは新しく立派に見えた。局長は五十二、三歳くらいで石川県出身だと言う。局に隣接した局長宅で夕食をしていると、隣に住む小田島老人が入ってきて、宿舎は局の宿直室（八畳）で、食事は小田島老人宅でとるという事に決まった。

事務室に案内され、局長代理や、電報配達の山本青年にとりあえず初対面の挨拶をした。ところが話を聞きながら室内を見渡していて致命的な欠陥に気が付いた。それは三等局である長浜局の電報通信方式が「モールス機」ではなく、電話通信だったことだ。

電報を電話で送受する方式は、一見簡便で素人にもちょっとの練習で出来るが、上級の一、二等局に進出できる電気通信事務員になるために、半年間苦心してようやく技術者の資格を得て樺太で飛躍しようと渡樺を決意していたからである。

暫定的にしろ、せっかく取得した技術がこんなところに長くいれば、退歩してしまうと危惧した。

八畳敷きの、家具など何もない空間に過ぎない当直室の片隅に寝床を敷いてみたものの、失望と今後の対策などで頭がいっぱいになった。その上、郷里に残してきた父母や妹のことが思い出されて、朝までまんじりともできずに、異郷での第一夜を過ごしたのであった。

翌朝、逓送人が出勤して来た気配がしたので事務室に顔を出すと、三十五、六歳の、インド人のような顔をした男と目が合った。

少し驚いたが、話してみると人が良さそうな人物で、福島県の霊山《りょうぜん》村から出て来たと言う。ところが彼は、漁師の経験がないので仕事がなく、仕方なく局で働いているのだと言う。

「やはり一攫千金を夢見て家を飛び出したのだな」と思うと、養父や自分と同じ境遇だと、彼に淡い同情心が湧いた。

逓送人が出発した後、再び床に入る気もしないので、そのまま掃除をしようと部屋を見ると、どこもかしこも乱雑でまるでゴミ屋敷だ。

「勤めている間は自分の神聖な職場だ。まず新しい職場の整頓から始めよう。良い気晴らしにもなる」

そう考えて毎朝起床後、局内の掃除をする事に決め、翌朝からさっそく実行すると、山本青年も早く出て来て一緒に掃除を手伝ってくれるようになった。

二人で手分けをして、公衆溜り（窓口）や玄関の窓硝子に至るまで、徹底的に大掃除をし、局長代理に相談して採光を良くするため、郵便物区分け棚とか、テーブルの配置換えなどを行った。

掃除をしていると、代理が予備品のモールス機を倉庫で見つけて私にくれるという。それを早速事務室の隅に備え付けて、自分の技術の向上の傍ら、山本青年の将来のために通信術を指導する事にしたところ、山本青年は大喜びして熱心に稽古を続けることになる。

この器材は、樺太通信生養成所第一期卒業生だという局長代理の物だったのだが、代理は長く田舎に居過ぎたので、今では符号も満足に覚えていないというから、他人事ではない気がした。

新しい職場で局に寝泊まりする事になった私にとっては、以前よりもむしろ過酷な勤務になったが、「いずれにしても大して多忙な所でもないし、永豊で五年間も連続して宿直を経験しているので、何とも思わない。むしろ、代理は、老父と新妻の三人暮らしの家庭持ちだから、独身者の私がこれくらい奉仕することは当然だ」と考えていた。

ところがやがて、向学心に燃えた純情な一青年の意気を挫くような出来事が頻発する。それは、大人になるためには避けて通れない一つの「通過儀礼」的な試練に違いなかったが、満十八歳の私にとってはあまりにも刺激が強かった。

向学心が強く、まじめ一方だったので、大人達の行動の一つ一つが理解出来ず、ただの身勝手さに映るだけであり、やがて堪え難い失望を味わわされることになった。

理不尽な大人たち

ある日、食事に帰ってくると、小田島老人が側に来て、

「局長も奥さんも非常にあんたはんの事を褒めている。局長代理は、豊原局に出たいらしいので、彼が出たらその後にあんたはんを代理に据えて、将来は娘と一緒にして局長を継がせたいと話していたから、その積もりで辛抱しなえん」と内輪話をした。

小田島老人は、好意でそれとなく局長の意向を伝えたのだろうが、若い私にとっては非常に不愉快な話であった。

局長は、樺太に来る前は北海道のある町で新聞記者をしていたという。彼もやはり樺太返還後の「一攫千金組」で、成功した組の一人であるといえた。

夫人との間には子供が五人おり、長女は郷里の石川県で勉学中、次女は樺太・豊原市の高等女学校五年に在学中で寄宿舎生活。

三人目の長男は小学三年生、三女は未就学、次男は三歳、それに三十三、四歳と思われる、井口という〝不思議な〟女性も同居しているのだが、局長の親戚か同郷人らしいと言う。

家庭内は一見平和に見えるが、局長夫人はカカア天下の部類で局務にも嘴《くちばし》を入れる有様。相当な嫉妬型との噂が高いが、それは井口という女性が同居している事と関係があるらしい、と男女の関係に疎い私にも気が付いた。

局長夫人は暇さえあれば三歳の次男坊をつれて事務室に顔を出し、代理や配達人を相手に世間話をするのだが、時には井口婦人も同席するから話はややこしくなる。局長夫人は「公私の別などは全く念頭になく、我々を使用人だと思っている」と不快に感じていた。

更にそんな雑談の中で彼女が「内藤さんが来てからは局の中が見違えるほど綺麗になった」とか「明るくなった」とかしきりに言うことには耐え難かった。

事実には相違ないが、あまりに面と向かって褒めそやされると、聞いている身にとっては、代理や配達人に対する当て付けに聞こえて不愉快になったからである。

時々子供が呼びに来るので行ってみると「三時のおやつ」だと特別に茶菓子をくれる。「何故皆に公平にしてくれないのか、好意は有難いが、腹の底が見えている」と、若い私にとっては大きな迷惑であった。

やがて、長浜局に勤務して二週間が経ち給料日になった。

局長夫人が、代理以下の給料袋を持って来て、それぞれ渡していたが、私には「後で精算します」と言って一旦戻った。

間もなく子供を寄越して呼び付けると、例によっておやつを出しながら、夫人は「小田島さんのお話で、月給二十三円に決めましたが、代理が十八円なので局では一緒に渡せないから、毎月あなただけは別にあげます。他の人には言わないで下さい」と恩着せがましく言い、半月分の十一円五十銭を手渡した。

約束が違う。どこかが狂っているようだ、と疑問に感じた。当初の約束より二円安いではないか。

それでも「小田島老人が、私は代理よりも年下だから、二十五円と切り出したら局長に断られる、と考えて、二円安く取り引きをし、その分、自分の家の食費を差し引いて私に我慢をさせようとしたのかもしれない」と善意に考えた。

しかし、約束違反であることは事実である。大人の考えている駆け引きとか小細工とかは、全く理解できなかったし、非常に不愉快であった。

それでも「金銭の事でとやかく言うべきではない」と考え、自分の胸の内に納め差額の二円は、計画していた「貯金の二円」を零にする事で処理することにした。「初心に帰って、早く上級局に勤めよう。長引くと周囲の誘惑、義理人情に絆《ほだ》されて、自分が駄目になる」

醜い大人の世界に嫌気がさし始めたので、気分を紛らわせるため努めて近郊を散策し、「樺太」という島を知ることに目を向けようと決心した。

樺太島の歴史を学ぶ

ここで、私が関心を持った樺太の歴史について、簡単に整理しておきたい。

第二次世界大戦終結後、連合国軍に敗れた日本は、朝鮮半島や台湾の領有権を奪われたが、樺太と北方領土は、日ソ不可侵条約を一方的に破棄通告し、終戦直前の昭和二十（一九四五）

北方領土図（除く千島列島）

年八月九日に北緯五〇度の国境線を南下して、不法にソ連が占拠したものである。

しかし、戦後の日本人の多くは、その事実を殆ど教えられていない。太平洋地域の日米戦闘があまりにも苛烈であって、太平洋を北上して本土に迫りくる米軍に対して、特別攻撃隊までも繰り出して米軍上陸を阻止しようとしていたせいか、はたまた広島、長崎に投下された原子爆弾に驚いたからか、わが国北部の満州や樺太に不法にも侵攻してきたソ連軍との戦闘は、日本の歴史から消されている。

その後、火事場泥棒的に占領した日本の領土を、ソ連は「ヤルタ協定」を盾に、昭和二十一（一九四六）年二月、国際法を無視してソ連最高会議幹部会令をもって、南樺太を南サハリン州として勝手に自国の領土に組み入れた。

あろうことか、日本がポツダム宣言を受け入れて停戦した八月十五日以降も、無抵抗なわが国の隙を突いて、北方四島までも不法占拠し支配している。

残念なことに「サンフランシスコ条約」締結によって、南樺太と千島を放棄させられたのだが、正確に言えば同条約に署名した四十八か国にその帰属権があるわけで、ソ連（ロシア）が領有すべき領土ではないことは、国際法上明らかであり、ましてや北方四島は決して含まれない。

それは昭和二十五（一九五一）年九月七日のサンフランシスコ会議における当時の吉田茂首

相の「領土の処分」についての次の演説で証明される。

「……千島列島及び、南樺太の地域は、日本が侵略によって奪取したものだとのソ連全権の主張は承服いたしかねます。日本開国当時千島南部の択捉、国後両島が日本領であることについては、帝政ロシアも何らの異議を挟まなかったのであります。ただ、得撫《ウルップ》以北の千島諸島と樺太南部は、当時日ロ両国人の混住の地でありました。

明治八（一七八五）年五月七日、日ロ両国政府は、平和的な外交交渉を通じて南樺太は露領とし、その代償として、北千島諸島は日本領とすることに話し合いを付けたものであります。名は代償でありますが、事実は南樺太を譲渡して交渉の妥結を計ったものであります。その後、樺太南部は明治三十八（一九〇五）年九月五日、（セオドア）ルーズベルト・アメリカ合衆国大統領の仲介によってポーツマス平和条約で日本領となったものであります。千島列島及び樺太南部は、日本降伏直後の一九四五年九月二十日一方的にソ連領に収容されたのでありま
す……」

この協定は、当時の英米ソの首脳たちが、日本という当事国を除外したまま結んだ「ヤルタ秘密協定」だから、国際的効力は持ち得ない。

事実米国自身がその後、「当事国の当時の首脳が共通の目標を陳述した文書に過ぎないもの

だ」と認め、「その当事国による何らかの最終的決定をなすべきものでもなく、また領土移転の如何なる法律効果も持つものではない」と言明している。

にもかかわらず、ソ連（ロシア）は、不法に占拠したまま、現在まで所謂「実効支配」を続けているのである。

元々樺太島は、間宮林蔵によって、大陸の一部ではなく海峡で隔てられた島であるということが発見されていた。

彼によってこの島の精確な地図が文化六〜七（一八〇九〜一〇）年に作成されていたことが、シーボルトの大著「日本」によって世界に紹介されていたのだから、日本固有の領土だったと言えた。

これがオランダの雑誌や新聞に掲載されたものの、西洋や日本の外交官らの間ではさほど注目されていなかったのだが、多大な関心を寄せていたのがロシア政府であった。

ロシアは自国の支配下にあるバルト海のエストニア出身の探検家、クルゼンシュテルンの「樺太は半島である」という報告を信じていたからである。そこでロシア政府はシーボルトを招聘し、全面的に彼に教えを乞うている。

何よりもロシア政府の最大の関心は、間宮林蔵の「樺太は島」だという発見の真偽を確認することにあった。

シーボルトと対決したクルゼンシュテルンは、シーボルトの原文を一目見て「これは日本人の勝ちだ！」と叫んだと言う。ところがこの事実はロシアでは抹殺される。間宮林蔵やその他多くの日本人の業績は、ロシア語の翻訳書では一切無視、抹殺されたのである。

如何にもロシアらしい狡猾さだが、日本政府はもとより、日本人研究者の不勉強も著しいと言わねばならぬだろう。

その後、明治八（一八七五）年に樺太・千島交換条約が締結され、日本は樺太島の領有権をロシアに譲ったため、その後は全島がロシア領となった。

戦後の日本国民が知った樺太の歴史は、ほとんどの者がこれ以降の事実関係に過ぎないから、樺太は明治三十八（一九〇五）年九月五日、日露戦争に勝利した後のポーツマス条約により、北緯五〇度以南の樺太島（南樺太）が「ロシアから日本に割譲された」と思い込んでいるのだが、実はポーツマス条約によって「日本領に復帰したに過ぎない」のである。

そこで日露戦争後ただちに行政機関としての樺太民政署が設置された。

樺太は氷河期には確かに大陸と陸続きだったから、「古代以前は続縄文人（南部に進出）や、オホーツク文化人（日本書紀に記される粛慎）などが存在し、鎌倉時代以降は南部にアイヌ民族や和人が進出、東岸中部にウィルタ民族（アイヌ民族はオロッコと呼ばれた）、北部にニヴフ民族（ニヴヒとも。アイヌ民族はスメレンクルと呼んだ）などの北方少数民族もいた」とされ、天平宝字六（七六二）年十二月一日、陸奥国（陸前国）の国府・多賀城に修造された多賀城碑に「去靺鞨《まっかつ》国界三千里（千六百キロ）（多賀城碑からの直線距離は、間宮海峡最狭部（ネヴェリスコイ海峡）まで約千五百三十キロ、それより北の黒龍江河口付近で約千六百キロである）」と記されていることからも、日本と深いかかわりがあったことが分かる。

南樺太のその後の人口の推移を見ると、明治四十一（一九〇八）年十二月三十一日の樺太庁統計書によると、二万六千三百九十三人、私が渡樺した翌年の大正七（一九一八）年十二月三十一日は、七万九千七百九十五人と十年間で五万人以上増加している。

その後着実に増加し続け、大東亜戦争終戦前年の昭和十九（一九四四）年二月二十二日の人口調査では三十九万千八百二十五人になっていた。

ただし、統計書には「極寒の樺太では夏と冬では人口が違い、冬には避寒のため内地に戻る者が多く人口が減り、翌夏にはまた増える。例えば明治四十四（一九一一）年では夏の人口は五万七千人だが冬には三万六千七百二十五人に減っている」と注釈があるのは、季節労働者の移動を示すものであろう。

ロシアの野心と残留露西亜人

明治四十一（一九〇八）年三月三十一日には、日本政府は地名を日本語式漢字表記に変更した。ちなみに「樺太」は、蝦（オロッコ語）、「サガレン」はツングース語でカラフトと訛ったという説がある。「樺太」と呼ばれるようになったのは、明治二（一八六九）年以降だとされるが、安政二（一八五五）年の「日露通好条約」に「カラフト島に至りては、日本国と露西亜国との間において界を分かたず、是迄仕来りの通りたるべし」とされている。

現在ロシアが使用している「サハリン」はロシア語ではなく、満州語の「サガリンウラ・アンガハタ」から出たもので、「黒龍江の山」という意味だと言われている。

南樺太は着々と開発が進められ、明治四十四（一九一一）年には「三井合名会社」が樺太国有林の伐採権を得る。

当時の日本政府は、樺太南部から中部までの地層を細かく調査しているが、良質の無煙炭が多く採れたので、その富を求めて本州はもとより半島出身者らが大挙して渡樺してくるようになる。

そのため人口が急速に増加し、炭鉱がある塔路《とうろ》町の小学校では三千名の児童を抱え、六十名の教員が在職する「日本最大の小学校」だと当時言われたこともある。軍事的には大正二（一九一三）年に樺太守備隊が廃止され、以降、国境警察隊が北緯五〇度線の警備を担当することとなった。

大正四（一九一五）年には、勅令第一〇一号「樺太ノ郡町村編制ニ関スル件」により、十七郡四町五十八村が設置され、勿論終戦まで国内法が適用された。

そして大正十二（一九二三）年五月一日に、北海道の稚内と大泊の間に、客車ごと海峡を搬送する、今でいうと「列車フェリー」ともいうべき「稚泊連絡船」が就航するのである。

他方、住民の方は安政四（一八五七）年、越後出身の蝦夷地御用方・松川弁之助が東岸のオチョポカ（富内郡富内村落帆）に漁場を開拓した。

ところが「北緯四八度の地峡の両端にあたる西岸・クシュンナイ（久春内郡久春内村）と東岸・マーヌイ（栄浜郡白縫村真縫）に少数のロシア兵が定住し、はじめて日露両国人の部分的な雑居状態が生じている。

これを除くと、当時、樺太に居住するロシア人はニヴフ居住地の北樺太西岸・オッチシ（落石、露名：アレクサンドロフ・サハリンスキー）に十二名のみであった、と記録にある。

文久二（一八六二）年、安房勝山藩は藩士渡辺隆之助を樺太に派遣し、東岸のシスカ（敷香郡敷香町）に漁場を開設した。

当時の記録によると東岸でフヌプより北に居住するアイヌは六十名で、多来加《たらいか》湾岸は東岸におけるアイヌ居住地北限であるが、特に多来加湖周辺ではニヴフやウィルタと混住していたとある。

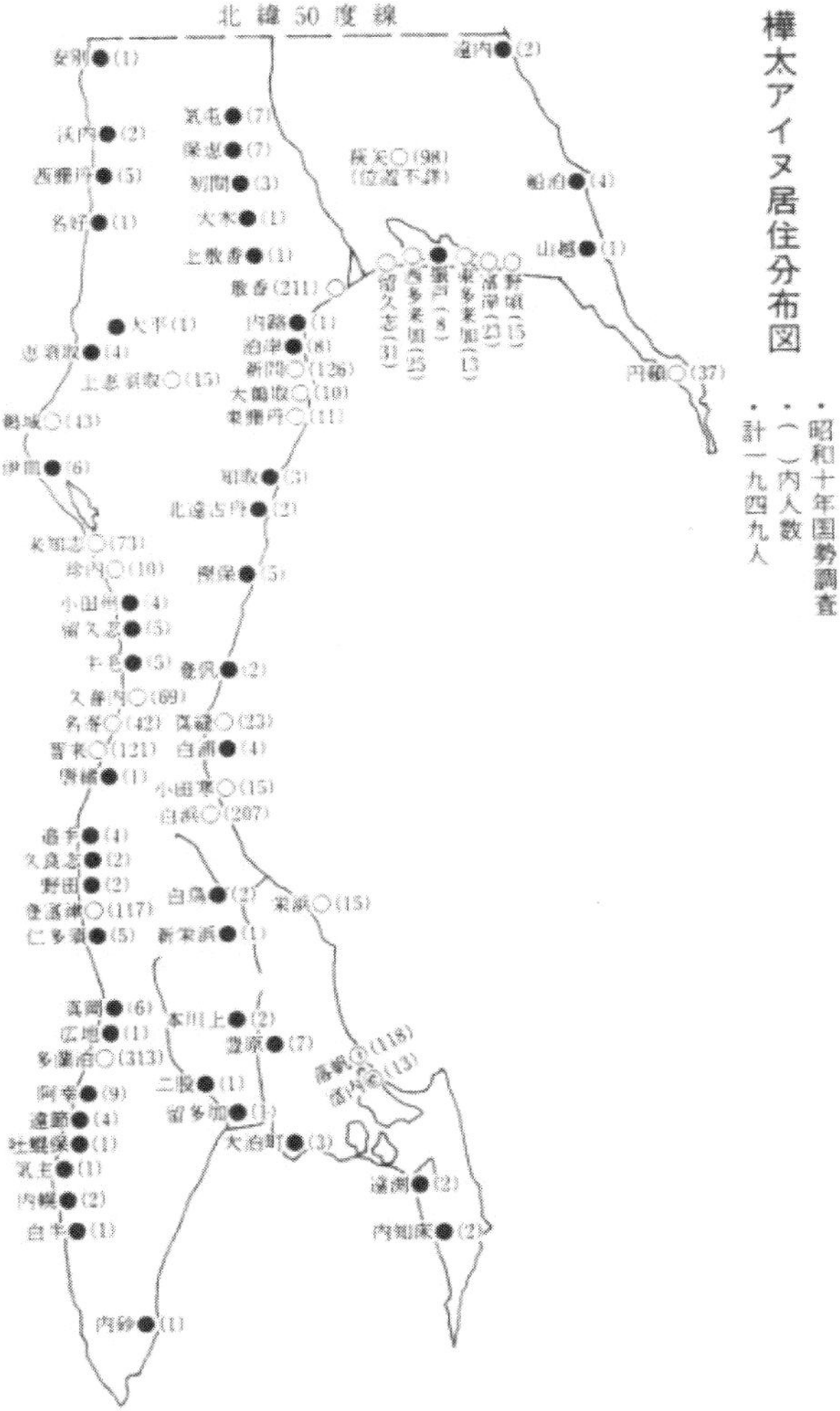

アイヌ居住分布図

五年後に樺太島仮規則が調印され、樺太全島は日露雑居地とされ、それ以降、ロシアは囚人を樺太島に送り込み、軍隊を増派して北緯四八度以南や日本の本拠地である樺太南端・亜庭湾岸までの軍事的制圧に着手している。

あくまでも「領土欲」が強いロシア人だが、それに比べて日本人の淡白さには驚く外はない。それは明治大帝が「四方《よも》の海、皆同胞《はらから》」と詠まれたことが、国民に大きく影響しているのかもしれないが、ロシアには「同胞」という語は通用しないことが判ろう。

そんな樺太の歴史的背景を学びつつ、非番の日になると、山本青年と二人で付近の地辺讃湖《ちべさにこ》(アイヌ語で船で下るという意味)に出かけて、在留ロシア人一家と親しくなった。長浜郡一帯はツンドラ地帯で唐松林が多く、水は茶色を帯びている。湖水の水も勿論茶色なので黒ずんで底が見えない。深い所は十メートル以上もあり、湖に落ちた人の死体であがったものはないと言われているが、魚類は鮭、鱒、イトー、その他豊富である。

この湖水は瓢箪型をしていて、二つの湖水が繋がっており、長浜側は小さく、奥の方は大きくなっている。

山本青年と二人で船に乗り、山本青年が櫓を操って瓢箪口に向かった。三十分ほどで瓢箪口の近くまで来たが、流れは渦を巻いて急流になっている。

そこで少し離れた岸辺に船を引き上げて、藪の中を両手で掻き分けながら十メートルほど前方に進んでみると、地辺讃湖の全貌が眺められた。

岸辺には小波が打ち寄せ、三方は山、平坦地には、雑草に混じって一面の野菖蒲とリンドウが、紫と空色とを互いに競い合うが如くに咲き誇っていて、何とも表現し得ない神秘的な感動に打たれ、しばしの間呆然と眺め入った。それ以来私はリンドウの花に魅せられ、紫色の花が大好きになった。

因みに樺太では気候の関係で、六月初めから七月末までの間に四季の花が一斉に咲くのだから、今が一番いい季節なのであった。

長浜から二里ほど東に、荒栗（ロシア語で「アラクリ」。アイヌ語で「ヨークシ」。待ち構えているという意味）という、残留白系ロシア人が多数定住している部落がある。

この一家がどうしてここに留まっているのかはわからないが、少なくとも流されてきた「囚人」一家ではなさそうだ。

そこに「ナスチア」という十五、六歳の女の子と「ワエンカ」という十二、三歳の男の子の姉弟が、馬車で長浜まで買い物に来ていて、局の窓口にもよく顔を出すのを知っていたから、親近感さえ覚えていたので、いつの間にか二人と仲良くなり、馬車に乗せて貰って彼等の家に遊びに行くほどになった。

ロシア人部落の老人以外は、皆日本語が上手なので不自由はない。兄弟も沢山いて、家族中で歓待してくれるから、とてもロシア政府に送りこまれた囚人一家だとは思えない。逆にロシア国内には凶悪な犯罪者が残り、善人が排除されて島流しになったのかもしれない、と感じたほどである。

ロシア人たちは農業が主で、全て自立自営だ。丸太を積み上げた住宅の建築を始め、靴、家具、散髪、食料品の製造など、何でも自分たちでこなす。パンは一個一斤で、十銭で譲ってくれた。

家の周囲は砂地の平原で、頬被りをした女性が、主人らしい男性と一緒に畑の中で働いている風景は、あの有名なフランスの画家、ミレーの「晩鐘」や「落穂拾い」の名画を目の当たりにするようで、自分の方が外国に来ているような錯覚さえ覚えた。

そんな日は、荒栗から更に四キロほど東の、遠淵湖《とおぶちこ》までよく足を延ばした。

道端には朝鮮人参と同じ樺太人参が生えており、土地の人はこれを沢山採取して薬にしていると言う。

湖畔に両足を投げ出して、「ああ自分は今樺太にいるんだ」と感慨深かったが、いつの間にか、思いは郷里に飛んでいた。

第二部　挫折

醜い大人たち

長浜は東湾内一の村だと言ってはいるが、何の娯楽もない田舎である事に変わりはない。二十歳前の青年にとっては、息苦しくなるような退屈な生活が続く。恐らく現代の日本人青年であれば、一日も耐えられないだろう。

雨が降ると行く所もないので、大人達はそれぞれ友達を連れて局に集まり、つまらぬ話に花を咲かせるのだが、最後の落ちは「男女の話」、つまり〃猥談〃、挙句の果ては、金を出しての「阿弥陀籤《くじ》」となる。

籤は、五銭から十銭までの中に、一人だけ「お客」と言って只の者が組んである。お客は「只」だが、その代わり店まで買い物に行く使いの役なのだ。

集まる者の大半は漁師、しかも世帯持ちが多いのだが、金銭の事などはあまり問題にしない。郷里に両親と妹を残してきている身にとっては、彼等に付き合わされるのは堪え難い苦痛であった。

「こんな連中の仲間に入るのは馬鹿馬鹿しいし、第一自分の懐の中が心配だ。しかし『郷に入っては郷に従え』という諺《ことわざ》もある」

そう考えて「暫くの辛抱だ」と我慢することにした。

こうして〝大人達〟に合わせて適当に振る舞っていたが、一人になると「一人前の官吏にならなければ」と、独学で受験準備を続けていた。

そんな中で、せめてもの慰めは内地から届く郵便物であった。

大泊に定期連絡船が着くと郵便局は忙しくなる。

逓送人が、汗だくで背負って帰ってきた沢山の郵便物の中には、必ず北海道の養父と妹からの手紙が入っている。

夜一人になるのを待ち兼ねて、封筒の裏表を何回も眺めてから開封する。

そして、家族が無事で居る事を確かめた後は妹の手紙を「添削」するのである。

上手に書けている文字には赤ペンで二重丸を、誤字があれば赤で正しく直し、全文章を採点して「甲の上」とか「甲」とか書き添えて、それを養父への返事の手紙に同封して送り返す。

「遠く離れてみて、親子、兄弟の情愛が一入《ひとしお》深まる」事をしみじみ知った。

しかし、その我慢も限界に達する時がついにきた。


大活劇！

満十九歳の誕生日を迎えたばかりのある日、目の前で、一見平和そうに見えていた局長の家に「異変」が起きたのである。

九月中旬にもなると、さすがに樺太は朝夕めっきり冷え込み始め、日足も短くなって来る。昆布取りや小鰊漁も今年はまずまずというところで一段落。内地からの出稼ぎ漁師は、ぽつぽつ引き上げ準備で落ち着かない。

局の仕事も、真夏の頃から見ると閑散になって、変化のない平凡な毎日が続くようになったある日、局長宅に異変が起こった。

嫉妬心が強く、常々主人と井口婦人との仲に疑いをもっていた局長夫人の怒りが爆発し、突然子供を連れて内地に帰ると言い出したのである。

〝不倫相手〟の井口婦人も「自分だけ残る事は出来ないから自分も郷里に帰る」と言う。

局長は妻の狂気じみた振る舞いを押し鎮めようとしたのだが、夫人はその手を振り切って前浜に飛び出してしまい、後を追うように井口婦人も海岸に出て行った。

沖合には湾内定期の発動汽船が出帆準備をして、最終の艀船が着くのを待っていたが、仲裁に飛び出してきた小田島老人をも振り切って、二人揃って艀船に飛び乗ってしまった。

仲裁に出た数人の連中は、直ぐに別船で後を追い、彼女らが発動汽船に乗る一歩手前でどうにか二人を掴まえて連れ戻す事が出来た。

その間のすべての有様は事務室から丸見えである。

見た事はなかったが、映画の「ロケ」もこんなものなのだろうと、複雑な気持ちで一部始終を見詰めていた。

代理を始め、局の玄関付近にたむろする十人を超える野次馬連中は「やってる、やってる」と笑いながら囃し立てて、面白そうに見物している。

それを見て私は「何と情けない大人たちだろう」と幻滅した。

やがて婦人二人は共に思い止まったようで、井口婦人は局長宅の方へ、局長夫人は事務室に入って来た。

独り、二階の書斎からこれを見ていた局長は、二人が帰って来たので急いで降りてくる。ところが今度は事務室が「舞台」に早変わりした。

今にも「大活劇」が開演される気配になり、代理を始め局員達も固唾《かたず》を飲んで見守っている。双方が二、三度罵倒し合うや、夫人は側にあった椅子を取り、これを高々と振り上げて局長目掛けて投げ付けようと身構えた。間一髪、私は「危ない」と二人の間に飛び込みざま、夫人の体を押し倒した。

幸い後ろには郵便行嚢《こうのう》が十枚ほど積み重ねてあったので怪我はない。

その隙に臆病な局長は再び二階に駆け上がってその場から逃げ出してしまった。

前途ある一青年が、夫婦喧嘩の仲裁を買って出なければならないとは何たる事か。実に後味の悪い半日となった。

ところが嫌な事は意外に続くものである。

若い局長代理は新婚だと聞いていたので、私が宿直を一人で引き受けていたのだったが、その細君は昔「料亭の酌婦」だったようで、それを代理が身請けしたらしく、これまた痴話喧嘩が絶えなかった。

代理の細君が酒に酔っ払って髪を振り乱し、事務室に怒鳴り込むようになってきたのである。「嫌だ嫌だ。いかに田舎だとはいえこんな低級な社会は真っ平だ」

しみじみ大人たちの世界が嫌になった。

折も折、大泊郵便局から、大泊局に欠員ができるので退職の用意をしておくように、との知らせがあった。しかし長浜局長は許可してくれそうにない。

そこで大泊の叔父に状況を伝え「円満に退職できる方法を講じて頂きたい」とお願いした。

数日後、北海道の郷里から「チチキュウビョウスグコイ」という電報が届いた。

叔父の配慮だと直感するが、元来嘘は言えない性質だ。しかし、この場合は別だと決意して、蛮勇を振るって局長に電報を差し出し「直ぐ帰して下さい」とお願いした。

ところが電報を見た局長は心配して、「明朝早々帰るように」と意外に素直に許してくれたのである。

案外優しいところもある……と思ったが、この地に愛想が尽き果てているので、直ちに帰郷する準備に取り掛かった。

冷や汗三斗、小田島老人一家や、その他お世話になった方々への挨拶もそこそこに、夜の明けるのを待って、七月に持ってきた柳行李を再び背負い、あたかも虎の尾を踏み、毒蛇の口を逃れる心境で、大泊を目指して八里の道を一目散に歩いた。

時に十月の中旬、僅か三か月の長浜生活であったが、あまりにも「変化」に富んだ、刺激が強すぎた期間であった。

挫折——さらば樺太

大泊に着くと、早速叔父に連れられて大泊局を尋ねるが、そこで、留多加《るうたか》局の局長代理で、五十歳近い人物からも履歴書が届いていることを知る。

局長が幹部と人選中なので「暫く待機していなさい」と言われた時、あっさりと希望を取り下げ、一旦故郷・北海道に帰ろうと私は決意した。

「自分は大泊に出たばかりで、長浜郵便局長には父の仮病を使って帰郷すると言って出てきた身だ。仮に大泊局に採用になったら、長浜局に前歴照会がいくから、長浜局長は『欺かれた』と思うだろう。

たとえ三か月でも、信頼し可愛がって下さった恩義に対して申し訳がない」と思ったのである。

そして「自分が辞退する事によって面接を受けている人が採用されるのならば、彼もどんなにか嬉しいだろう。たった一人の競争相手を押し退けて、自分の幸福だけを望んでも、それでは真の幸せにはならない。自分はまだ若い。この際は、長浜局長にお願いした通り、ひとまず帰郷して、改めて自分の生きる道を熟考し再出発しよう」と心に決めたのである。

渡樺する時に前途を祝福して、村の端に集まって、盛大に見送ってくれた多くの村人たちと、顔を合わせることがつらいが、我慢するほかはない。

「人生は七転び八起きだ！　失敗の後には成功が待っている」

そう考えを決めた私は、帰郷を考え直すように迫る叔父を説得した。

そして私に代わって無事に真岡局に勤めている石田君に電話で別れの挨拶をし「また出直す」と告げた。

こうして、七月に上陸した時の明るさはどこへやら、惨めな敗戦の一兵卒となって、渡樺した時と同じく、たった一人で樺太を後にしたのであった。

翌日小樽に着くと、直ぐに寿都に住む義兄を尋ねる。突然姿を見せたので、親族一同は驚くが、事情を聞いた義兄だけは帰郷を納得してくれた。そして翌朝、永豊へと重い足を運ぶ。

四か月前に、村はずれの「訣別の場所」で、多くの村人から万歳三唱で見送られたことが鮮やかな記憶として残っていたから、わざわざ日が暮れるのを待って村に入った。しかし世話になった永豊局長にだけは挨拶しなければならない。

挨拶を終えると、村人達に顔を見られないように一目散に家に帰った。

家では、夕食もしないで待っていた妹が駆け寄ってきて、首っ玉に飛びついて腕を巻き付け、しばし離れなかった。

食事もせずに帰りを待っていた両親に報告し、食事をとりながらぼつぼつと帰って来た理由を話し出すと、養父は納得して傍まで来て肩に手を回し、「今後の方針はゆっくり決める事にして、今日は休みなさい」と言った。

久し振りに懐かしい我が家の床に入ったが、渡樺に際して養父が「人間到る処青山あり」という真宗の僧、釈月性の七言絶句の掛け軸を見せて激励してくれたことを思い出した。

気にかかっていたことは「再起をあきらめていないので養父は許してくれるだろうと勝手に決めたこと」だが、その他にもいろいろな思いが走馬灯のように頭をめぐり、朝までまんじりとも出来なかった。

永豊郵便局に復帰

翌日、永豊郵便局長がわざわざ自宅を訪ねてきた。

局長は「四、五日中に樺太庁逓信局から、事務監査官が出張して来るので、いい機会だから仕事を手伝ってほしい」と言い、併せてこれを機に、局に復帰してほしいと言う。何のためらいもなく、その好意に甘えて再び永豊郵便局に勤める事にした。

局長の後に付いて出勤すると、自分の不在間の帳簿などが置かれたままである。驚いて、四日ほど掛けて、自分の不在間の帳簿や書類などを全部完全に整理すると、その四日後に監査が始まったが、整理がよかったからか、わずか一日で無事に監査は終了した。

局長は非常に喜んで私を夕食に招き、家族と共に食事をしながら、その場で夫人とともに、局員として復帰してもらいたい、と懇願した。

渡樺したため、局では欠員を募集したのだが応募者がなく、局長は実弟を臨時事務員として代理採用し、郵便事務だけを担当させていたのだが、思うように動かず、局長の負荷が増し、局務全般が乱雑になっていたところだった。そこに、降って湧いたように私が戻ってきたのである。

恐らく私が加勢していなかったら、本庁からの監査は不合格か、少なくともきつく油をしぼられていたに違いなかった。

双方ともに「渡りに船」だったのである。

永豊局復帰を勧められたことを両親に相談すると、特定三等局である寿都郵便局長からも誘いが来ていたようだが、「お世話になった永豊局長の希望に沿うことがお互いのためになる」と養父は諭す。

翌日、局長にありのままを報告すると、局長は安心したように笑顔になり、「大正十六年十一月三十日付で自今月給金十八円給与す」との辞令を交付した。ところがこの裏には不思議な理由が作用していたのである。


七月に渡樺するため退職した後、局では事務員を募集したが集まらなかった。そこで局長は私の籍を残したまま放置していた。

ところが逓信管轄が、北海道と樺太では異なっていたため、樺太の長浜局に採用になり、三か月勤務していたことを北海道では掴んでいなかったのである。

そこで樺太から永豊局に戻ってきて「再採用」されるに当たり、既に「在職中」なため、局長は給与を十五円から十八円に昇給させたという形をとって丸く収めたのである。

これを知った時、樺太での四か月は一体何だったのだろうか？　と不思議な感に打たれた。

一番多感な若者の時代に、異邦?体験をし、更に人生の「先輩」であるはずの大人たちのあまりにも見苦しい非常識な姿を見せつけられた身にとっては、樺太での三か月に、「良くも悪くも人間の一生を凝縮して見せられた」気がしたものである。

しかし、人生にはそんな非常識さだけが通用するわけがないことも事実だろう。

故郷で再起を期す

一度挫折して帰郷した身にとっては、改めての「飛躍」が期待できた。

「自分はまだ若い。人生はこれからだ！　短かったとはいえ、樺太での凝縮された人生体験は、きっと今後生きてくるに違いない」そう考えることにし、改めて再起を誓った。

樺太から戻って来た事は、当然村中に知れ渡り、青年会の教育部長、島牧小学校同窓会幹事長などから、地元に復帰して二度目の勤めを果たすよう委託される。

こうして、生まれ故郷で当分は羽を休める事を余儀なくされてしまったのだが、「いずれは再起する」という決意だけは片時も忘れなかった。

養父の掛け軸にあった「人間到る処青山あり」という七言絶句と、クラーク博士の「少年よ、大志を抱け」という言葉が、頭の隅から消えることはなかったのである。

大正六（一九一七）年は実に変化が多い苦難の年であった。そんな中、永豊局に復帰して年の暮の年賀郵便特別取扱い事務などで多忙を極め、いつの間にか大正七（一九一八）年を迎えていたのだったが、世情は益々混迷の様相を呈していた。

第一次世界大戦の最中に起きたロシア革命でロマノフ王朝は倒れ、ソビエト政権が誕生していた。新政権のソビエトは単独でドイツと講和を結ぼうとして、戦線から離脱したので、連合国は武力でロシアへの介入を計った。

アメリカはシベリアに孤立したチェコ軍を救出するためと称し、わが国に共同出兵を要請してくる。寺内内閣は八月にこれを受けて、アメリカ・イギリス・フランスと共に出兵する。世に言う「シベリア出兵」である。

一方、国内では、白米一俵六円だったのが、一、二か月の間に二十円にも跳ね上がるなど、インフレは止まるところを知らず、七月には米騒動が起きる有様であった。

しかし、今度こそは将来に禍根を残さないように、私は堅実な目標を立てて、一歩一歩を踏みしめて前進しようと考えて、念願の通信教育・日本大学法制学会に入会し、勉学に勤しんでいた。

この学会は、修業年限は一年で、卒業試験に合格すれば日本大学専門部法科に無試験で入学できる特権があり、普通文官資格取得の近道だと、当時評判が高かったから、渡樺する前からあこがれていた。

学会からは、毎月一冊の講義録の他に「受験界」という機関紙が送られてくる。それには模擬試験問題と受験合格者の体験記などが掲載されており、模擬試験合格者には賞として「受験界」が一〜三か月無料購読できるチケットが与えられる。こうして一年間無料で購読、十二月に卒業試験問題が送付されてきた。

封書を密封したまま、青年会長でもあり小学校長でもある佐藤校長の元に出向き、校長に立会と監督官をお願いして、職員室で与えられた時間内で答案をまとめ提出して、校長から日本大学法制学会宛に発送してもらった。

その苦労が実り、大正七（一九一八）年十二月十日付で「右ハ本学会ノ規定ニ拠リ全学科ヲ卒業セリ。依テ此證書ヲ授與ス」と書かれた「卒業証書」が届いた。

自信がついたので、その後も六法全書、法律試験問題集などを参考書として独学を続けながら、再渡樺の機会を窺っていた。

当時の永豊局は三等郵便局に指定されていた。「三等郵便局」とは、いわゆる「請負局」で、支給される一定の経費で、局長の責任で経営する郵便局である。局長代理を置けば、局長は名前だけ「局長」で、出勤しなくてもよい。永豊局も代理の他に事務員一名、集配人三名の合計五名という極めて小さい田舎の郵便局である。

国から支給される経費は、漸次増額されてきてはいたが、急激なインフレに伴う物価上昇に追いつけず、親兄弟まで駆り出して経営しなければならない三等局では、徐々に窮乏の度合いが増してきていた。

今でいう統廃合や局員のリストラ対象局と言うべきだが、局長は何とか打開しようと努力していた。

永豊郵便局でも、窓口で売る郵便切手やはがきまでも品切れになる有様で、給料の遅配がしばしば起きるようになり、配達人達が陰で苦情を言うようになってきた。

局長に恩義を感じ尊敬していた私は、局長には内緒で少しばかりの自分の貯金から五十円を引き出して、函館郵便局から切手類を買い求めて急場をしのいでいた。当時、北海道南部の三等局では、一等局である函館郵便局から購入することになっていたのである。そんな〝個人的行為〟を数か月継続していたが、それを知った局長も、黙認する以外にはなかった。

やがて、地方局の困窮ぶりを解消すべく、経費も徐々に増額されてきたから、給料の遅配も解消される。

ある時、局長が傍に来て「心配かけてすまなかったな」と〝個人的資金〟を返済してくれた。

局長はどんなにか辛かっただろう、と逆に同情した。

開道五十年記念博覧会

大正七（一九一八）年、札幌市で開道五十年記念博覧会が開催されることになった。

この機会に北海道全道の三等局長連合会を札幌で開くことになり、永豊郵便局長にも出席の有無の照会が来た。局長は私を代理として出席させる旨回答し、「ゆっくり博覧会も見物して来なさい」と温情溢れる言葉をかけられたから、突然の局長の言葉に驚き且つ喜んだ。

勿論、まじめに働き、局務を支えてきたので慰労したいという親心であることは分かったが、半面、局長自身が参加すると相当出費が嵩むという事情があるのではないか？　とも考え、局長を気の毒に思ったりした。

しかし、二十一歳の青二才事務員に過ぎない身にとっては、またとない機会であり、局長代理として華やかな檜舞台に出席出来ることが嬉しく、夢を見ているような気分であった。

札幌には電信の検定試験を受験しに行ったことがあるので、これで二回目になる。汽車の中で〝大失敗〟したことも忘れ、生まれて初めて詰襟の洋服なるものを購入して準備した。

そして樺太から戻って以来、初めての清々しい気分で札幌に出発した。札幌に着くと、久方ぶりで当時世話になった方々や、友人と再会してお礼を言ったのだが、巌さん夫妻は、当時、右も左もわからず、本当の田舎者であった若者の洋服姿に感動し、涙を浮かべて迎えてくれた。

時は真夏、暑い盛りであったが、三等局長連合会の会場は、北海道帝国大学中央講堂で、時の佐藤総長による講話があった。大学にあこがれてきた私にとっては、生涯記念すべき体験であった。

他方、地元の青年会教育部長としても、大いにリーダーシップを発揮した。

樺太から戻ったことを知った青年会が、臨時総会を開いて「教育部長」という大役を設置したのである。

勿論全く経験もなく、その力量さえないので「その器ではない」と固辞したのだが、会長自らが「今日から率先して精神修養を始めるように」と指導してくれたから固辞できず、漠然と辞令を受けたのだが、自分なりに「教育勅語の御趣旨を体し、忠・孝・正義・礼・智・信を基本として、人の道に背かぬよう、何事にも心身の鍛練、知識の啓発に努力する事」を目標にすることとした。

一地方の田舎村にくすぶっている将来ある青年たちに、自分が初めて札幌という大都会で体験した惨めな思いを将来させないように、先ず第一に、会員各自が自己の意思を大衆の前で発表し得る訓練を施そう。

人前で怖気《おじけ》づくことなく、自己の意思を堂々と表明し、相手と意見交換が出来る、つまり今風に言うと「ディベートが出来る」青年の育成を目指そうと思った。

そこで小学校を会場にして、弁論・討議・演説などの練習をする集い「若草談話会」を結成し、会員は青年男子の希望者にした。

女子を外したのは、夜間の会合なので、田舎の風紀が乱れることを懸念したためであるが、樺太の長浜局で体験した「御し難い女性の特性」に配慮したのだともいえた。

あの時の体験は、私のその後の女性観に大きく影響した、と言っても過言ではなかった。

若草談話会の指導・批判・講評者としては、村の有識者である長老・学務委員・村会議員・校長・巡査・僧侶などを招待することにした。

初めて実施した意見発表の日は、二十余名の会員が出席したのだが、結果は上々であった。以来、それで大いに自信をつけた私は、青年会教育部長として隔月一回の例会を続けるようになる。

元より人格の健全な発展は、知識だけではない。昔から「健全なる精神は健全なる身体に宿る」と言われるように、知育、体育、それがあって初めて徳育となる、そう確信していた。そこで同時に「健康な体力造り」に取り組むため、その手段として郵便局の裏山で相撲の稽古を始めることにした。

任意の集いではあったが、夏から秋にかけての晴れた日の夕方には、いつも四、五人の力士達が稽古場に集って来た。

特に熱心だったのは局の配達青年達で、稽古が済むと皆一斉に海に飛込んで汗を流し、その後は小川で全身を洗い、清々しい気分で解散するのである。

数人ではあったが、和歌・俳句の集いも出来た。

公益事業としては、風水害で荒れたままになっている村道の修理作業などの奉仕活動を始めた。

木枯らしの吹くころであったが、現場に「永豊青年会」と書かれた旗を高々と掲げ、二十名ほどの若者たちが手に手に「スコップ」「ツルハシ」を振るう。その真剣な姿には、相互信頼の気分が満ち溢れていたから、村民からも大いに信頼されるようになった。今でいう「ボランティア活動」だが、当時としては珍しい活動だったと言えるだろう。

待てば海路の日和あり

大志を抱いて渡樺した多感な少年期に、長浜での「大活劇」を目撃したことが、知らず知らずのうちに私の女性観に影響したのであろうが、ロマンチックな恋物語には無関心だと言えた。しかし「一生に只一度の体験になる」と感じた、ほのかなロマンスもあった。

幼少時から明笛《みんてき》が好きで、得意でもあったので、秋の夜長など、午後九時半頃から十五分くらい、一人で裏の海岸で明笛を吹くのが習慣になっていた。曲目は「美しき天然」とか「故郷の空」等が特に好きであった。

ある夜、例によって明笛を吹き終わって、さっぱりした気分で家に戻ろうとすると、誰か後ろに立っている気配を感じた。一瞬ぎょっとして振り向くと、それが女性だったので二度驚いた。

しかも彼女は「もう少し聞かせて下さい」と言うではないか。

勿論しっかりした女性なので、何等他意のない事とは思ったが、周囲は静寂そのもの、聞こえてくるのは小波《さざなみ》の囁きだけである。

この時頭に閃いたものは「自分は青年会の教育部長である」という事であった。

「こんなところに女性が一人で来る事はいけない。直ぐ帰りなさい。笛の音は遠くで聞く方が良いのです」と毅然として言うと、彼女は無言のまま立ち去っていった。

「気の毒な事をした、ちょっと言い過ぎたかな」と反省してみたが、もう過ぎた事だ。「これで良い」と自らを納得させて、想いを断ち切るように明笛を肘で真っ二つに折って海に投げ捨てた。意を決してその場から立ち去ろうとすると、今度は船蔭から男が出てくるではないか。

それは三つほど年上の、俳句の仲間であったが、気の毒な事に彼は生来の身体障害者であった。彼とは局の窓口でよく立ち話をするほどの親しい間柄であったが、何の為に彼がこんな所に隠れていたのか理解できなかった。

そこで尋ねると「笛を聞くために、彼女が来る前からここに来ていたのだが、彼女が来たので、出るに出られなくなってしまったのだ」と言う。

そして「流石《さすが》は芳之助さんだ。僕はあなたに教えられた」と盛んに褒めそやすので何とも言えない不愉快な気分になったが、「彼女はまだ結婚前だ。今夜の事はこの場限りで忘れてやって貰いたい。何事もなかったのだから、万一他言した場合には、残念だが君とは絶交だ」と固く口止めをして別れた。

それほど私は女性に潔癖だった。あるいは〝過ぎた〟と言うべきだったかもしれない。

その後何の噂も立たなかったので、彼は忠実に約束を守ってくれたらしい。

ところが彼は、私が再度樺太に移住した後に「自殺した」と風の便りで聞いたが理由は不明だった。

彼は優しい心の持ち主であったが、持って生まれた「身体障害」という不運を克服できずに、死に追い込まれたのではなかろうか？　と不憫に思った。

第三部　再び樺太へ

再度の挑戦

大正八（一九一九）年も暮れようとしていた。大正二（一九一三）年七月に、初めて郵便局の事務見習いに採用されて以降、早六年余りが経った。

この間には、郵便局の中にもいろいろの変遷があった。

真面目だと信頼していた配達人が、客から預かって来た小為替の金を着服した事件や、未使用の為替証書を抜き取られた事件など、頭の痛くなる犯罪が二、三回起きたことがあった。

その都度局長と協力して犯人を表面に出さないで訓戒して済ませた。

この辺りの配達人は漁夫とか日雇い者の子供たちで、小学の尋常科を出たばかりの、数え歳で十四歳の少年を採用せざるを得ないのだから、局に二、三年も勤めて十六、七歳になれば、親や兄などについて樺太や、「カムチャッカ」に出稼ぎに出て行くようになる。だから勤務期間は二、三年足らずでしかない。

自分もこの年頃に採用された身の上だから、彼らの気持ちはよく理解できる。定着しないのだから、局の仕事に愛着を持つはずもない。つまり、無責任なのである。

そんな中に、愛知という真面目な少年がいた。彼に、普通信生養成所と言い、現在は逓信講習所と呼ばれるようになった講習所に入るように勧め、自分が昔そうであったように、受験勉強を指導する傍ら、「モールス通信術」も教え込んだ。

その結果、愛知少年は大正八年の秋に、見事に入所試験に合格して、勇んで札幌に出かけた。その喜びに溢れた顔を見て、若かりし頃の自分に重ね合わせて心から喜びを感じた。

しかし村は依然として疲弊していくばかりだった。心ある青年たちは、次々と村を離れていき、自分だけが取り残されていくような気がして寂しかったが、一度苦い体験を嘗めているので自重して、静かに時機を待ち続けることにし、独学だけは継続していた。

他人に自慢したり、自分を良く見せることが嫌いな性質なので、宿直室の本棚に入れてある講義録や参考書、筆記帳など、私物には全部別の表紙を付けて、感じの良い彩色をし、立志伝小説の「海の彼方」とか「故郷の山野」など、その時々に思いついた題名を書いてカムフラージュしておくことにしていた。

そんなある時、佐藤校長が局に遊びに来られた。宿直室で青年会のことなどを語り合っていると、「珍しい小説ですね」と言いながら、その中の一冊を棚から引き出して中を見た。それは法学（文法）と漢文の筆記帳だった。「しまった！」と緊張したが遅かった。

校長は「フーン」と言ってそのまま棚に戻し、「内藤さんは他所《よそ》の人とは全く反対ですね」と一言だけ言った。

何の事だか分からなかったが、多分「変わった人間だな〜」と思われたのだろうと考えた。

年が替わって大正九（一九二〇）年三月上旬、突然、樺太の大泊局長から永豊局長宛に、至急親展の通信事務専用の局報が舞い込んだ。

電文の大要は、「貴局事務員・内藤芳之助を当局に招聘したい。差支えなきや。現在の給料、勤務成績も併せて至急返電を乞う」という前歴の照会である。

「来たな」と胸が高鳴ったが、信頼されている局長に事前に了解を求めないで、履歴書を出した事が申し訳なく、「勝手な事をして申し訳ありません」とお詫びを述べ、首をうなだれて局長にその電報を差し出した。

内々私の将来を心配してくれていた局長は、何等不快そうな顔も見せず「給料は幾らと書いて出したか」と聞く。

「辞令の通りです」と答えると、その時初めて「前もって一言話してくれると良かったね」と独り言を言い、暫く考えてから、次の内容の返電を認《したた》めて手渡した。

「現俸給月二十五円。特別手当月五円。勤続加給月五円。勤務成績極めて良好。本人の希望なれば止むを得ず。三月十八日付にて出向せしむ宜敷。永豊局長」

局長の深い恩義には感謝の言葉もなく、一字、一字に感謝を込めてモールス機のハンドルを握った。

局の仕事はちょうど閑散期だったので、三月末に〝教え子〟の愛知少年が、卒業して帰ってくるまでは、局長一人でも大丈夫だ、と考えた。

局長も愛知少年を、卒業後、選出局である永豊局に配属してくれるよう逓信局に申請書を出していて、私に「準備出来次第、渡樺してよい」と許可してくれた。

待ち望んだ二度目の渡樺は、いずれ家族も樺太に移住する前提なので真剣であった。

飼鹿《かいしし》に住む実父は七十三歳になる。暇乞いに立ち寄ったが、恐らくこれが一生の別れになるだろうと覚悟して小遣い五円を渡し、密かに今生の別れを告げた。

実父は「今のわしにはこれが精いっぱいだ」と寂しそうな笑顔で十銭玉が入った選別を手渡してくれる。

心を締め付けられながらも、懸命に笑顔を作って「体に気を付けて……」と言って別れたのだが、事実、これが肉親との一生の別れになった。

寿都の義兄に、いずれ養父母を樺太に呼び寄せる計画であることを告げ、飼鹿に残す実父の面倒をお願いして義兄と別れた。

翌日は札幌に直行すると、駅に愛知少年が出迎えてくれている。

講習所の若手でバリバリの小笠原逓信書記に会い、渡樺の挨拶とともに、愛知少年を是非とも永豊局に配属してもらえるよう依頼した。小笠原書記は、機関紙「北の友」の編集者でもある。

私が数年前から「北の友」の準会員であることを知っていて、「樺太には同窓生が沢山行っているので、君は正会員のつもりで期待しているから、今後も『北の友』にも協力してほしい」と激励される。

こうして、吹雪の中を小樽に戻って旅館に一泊し、北海道最後の一夜を感無量の内に過ごした。

二度目の旅立ち

大正九（一九二〇）年三月十八日早朝、満二十一歳になった私は、再び樺太の大泊港に入港した連絡船上にいた。

従兄弟が出迎えてくれていて、大泊郵便局に出頭し挨拶すると、早速「明十九日から出勤するように」と言われ、「通信事務員を命ず。月給金三十五円。大泊郵便局勤務を命じる。樺太庁」という辞令を渡される。

給料は樺太給なので、八割増しの月六十三円。他に住宅手当八円が付いたので、一挙に永豊局の二倍になった。

「長い間の苦労が実って、やっと念願がかなった」と感無量であった。

思い起こせば、三年前に大泊局に転勤できそうだ、と言うので、大泊に住む叔父の家までやっとの思いでたどり着いたものの、「就職できそうだ」と考えた自分が甘かったことに気づき、意を決して北海道に撤退したことがよかったのだ、と改めて思った。

もしもあの時、再就職にこだわって、遅疑逡巡《ちぎしゅんじゅん》していたらどうだったろう？　もしも自分が採用されていたとしても、今日のような好条件では採用されなかっただろう。それればかりか、長浜郵便局長とは顔を合わせることが出来なかっただろう。

「自分の運命は自分が進んで求めなければ駄目だ。徒《いたずら》に他力を頼み、人を欺くような姑息な手段を弄するものではない。自分の力の及ぶ限り最善を尽くし、誠意をもって正しく対処すべきだ」

戻ってきた大泊で私は大きな教訓を得た。

翌日の十九日に初出勤すると、五十歳前と思われる電信主事の案内で四人の電信員と一人の事務員に紹介された。

挨拶が済むと、早速大泊と豊原間の単身音響通信装置で、受付業務のテストを受けたが、不案内だったことと、初めて見る音響通信機の「音響」になじめなかったため面食らった。

その後二、三日、ノイローゼになりそうだったが、皆が親切だったので躊躇《ためら》うことなく何でも教えてもらい、勤務時間などは問題にせず、朝から晩まで夢中で働いた。

その結果、数日後には自分でも驚くほど技量が向上し、皆と一緒に組み割に加わって、平常の勤務に努めることが出来た。

永豊局では一日に三、四通の電報しか扱わなかったが、ここ大泊局では、未だ漁期前で閑散としているにもかかわらず、発着、中継信の電報合わせて、平均一日に千通程度、それを宿直明け休養者を除く通信係担当者四名で取り扱うのだから、独り当たり二百五十通以上を捌くことになる。

夜勤の時に真岡郵便局に勤務している石田君から、電話がかかってきた。着任を「樺太日日新聞の公報欄で知った」とのお祝いの電話であった。

そして「君の給料は僕よりも二円も高いではないか。うまくやったな」と、祝いとも嫌味ともつかないことを言ったが、懐かしさで友情と感じたものである。

ところが大泊局の古参職員でも最高が三十八円、中堅が三十五円から三十二円だと聞き、石田君が言ったことが理解できた。

それ以降、先輩や同僚たちから変な目で見られないようにと力の続く限り、勤務時間が終わっても仕事が一段落するまでは居残って皆に加勢することにした。

三月下旬のある日、流行性感冒で欠勤者が続出し、自分が帰宅してしまうと通信係は皆無になるという事態が生じた。

そこで自分も風邪気味だったが、引き続き宿直して、翌朝家に帰り、薬を飲んで床に就いた。ところがそこへ局長から呼び出しがかかった。

飛び起きて出かけようとすると、叔母が心配して厚着をさせてくれる。急いで出勤してみると、出るはずだった担当者が、風邪が治らないと言って欠勤したとのことで、机上には電報が山のように積み上げられていて、受付係がてんてこ舞いという始末。

ただちに席について通信業務を開始した。そこに偶々《たまたま》心配した局長が入ってきて、「無理をしないように」と声をかけてくれた。

実は今日で連続三日の勤務だ。無理に無理を重ねていたので、精神力だけで動いているようなものだが、局長が激励してくれているので「ハイ」と素直に頭を下げ、通信業務に夢中であった。

こうして午後四時頃に夜勤者が出て来るまで何とか急場を乗り切ることが出来た。

二、三日で病人たちも出勤してくるようになったので、次の宿直明けの日に一日充分に休養を取り、清々しい気分を取り戻したのだが、若いということが活力の源になっていることを痛感したのであった。

悪いことばかりではなかった。

採用された当初に世話になった電信主事は、間もなく退職して郷里の函館に帰郷した。その後任に泊居《とまりおる》郵便局から、中島通信書記補が着任した。三十五、六歳の中島書記補は一見気難しそうなタイプに見えたが、交際してみると潔癖型で気が合い、親切に指導してくれる。

殊に欧文電報の取り扱い方を知らないので、この機会にとばかりに熱心に指導を受け、日ならずして事務に差支えがない程度までになり、お蔭であとは日常業務を通じて練度を高めるまでに成長できた。

樺太の住民になって

五月上旬に、永豊から家族が無事に樺太に着いた。

大泊本町に家を借りて、転籍届、妹の転校手続きなどを済ませ、ようやく一家が揃って暮らせるようになるが、当分は友人達が尋ねて来て、家は千客万来であった。

この年、沿海州のニコライエフスクで日本領事館が襲撃されて在留邦人が虐殺される、いわゆる尼港《にこう》事件が起きる。

わが国はロシアとの間に、事件が解決するまで沿海州の一部と北樺太を保障占領すると声明、シベリア出兵を十一年まで継続する。また、国際連盟に加入したのもこの年である。

この頃からわが国の景気は、日一日と悪化していき、郷里永豊村から、渡樺したいという相談が届くようになってくるが、樺太一帯は景気がよかった。

そこへ高等小学校当時、上の級にいた友人が、「漁師をしていたのでは将来の見込みがないから、月給取りに転向したい。どこでもいいから世話してほしい」と言ってきた。

どこに世話をするにしても、小学高等部を出て数年たっており、全くの未経験者であるから相当困難な問題だと思うのだが、人物は信用できるし、努力家でもある。

自分も就職したばかりの若輩だが、何とかしてやりたい。そう考えて身の程も考えず、恐る恐る局長に「採用していただけないか」と相談した。

局長は「君の友人ならとにかく会ってみよう」と言い、その結果、郵便係通信事務員本給三十円に内定して、翌日から勤務できることになった。

さしあたり下宿を捜さねばならないが、すぐには見当たらないので、当面、自分の家に同居し六畳間に二人で休むことにした。

幸いにも、八月一日から俸給令が改正になり、雇員の八割増しは本給に抱合することになったので、三十五円が六十七円に改定、宿舎料（家賃）十五円、採用になったばかりの友人は、三十円の本給が五十四円に改定され、宿舎料七円（独身者）になったので二人で祝福しあった。

当時私が借りていた借家は、家族だけでも狭かった。そこで暇を持て余し気味だった養父が借家探しを始めた。

運動にもなるし、市内見物も出来るから賛成すると、養父は雨の日以外は足まめに市内を見て回った。

そして昔の友人たちに再会したり、次から次に友人の輪が広がっていった。そしてその中の友人の紹介で、新築中の総二階建ての物件を借りることになった。

そこで友人には二階の六畳間を専用にしてもらい、のびのびとしてもらうことが出来たので「英語講義録」を、友人は「郵便法規」を勉強し合うことになった。

大正十（一九二二）年二月、三月に入ると鰊漁の準備で多忙になるから今のうちに骨休めをしておこうと、電信課一同八名全員で、一時間ほど「内密」に、大泊唯一の西洋料理屋「松林軒」へ洋食の試食に出掛けた。

当時、「洋食」といえば「ライスカレー」以外は知られていないころだが、一同は大きな顔をして座敷に上がった。

洋食店といっても和室で、白布をかけた低いテーブルを囲んで胡座を組むのだ。主任が適当に見繕って注文した品は、「スープ」「ビフテーキ」「食パン」の三品であった。一同が物珍しげに、フォークとナイフを持った途端、柴田先輩が「何だこれは！　生焼けではないか。血が滲んでいる」と大声で言い、「ビフテーキ」を食べようとしない。

今度は誰かが「ヘムを持ってきてくれ」と女中さんに注文し、「ハムですか」と反問されて一同大笑い。

仲居が持ってきた料理を見て、又々柴田氏が「何だこれは、肉の刺身ではないか」と、「ビフテーキ」も「ハム」も、側のストーブの上にあげて焼き直し始めた。

縁とは実に不思議なものである。柴田氏は、私が大正六（一九一七）年の秋に大泊局に就職しようと長浜郵便局から飛び出してきた時、局長が幹部と人選中であった当人で「自分が辞退する事によって面接を受けている人が採用されるのならば、彼もどんなにか嬉しいだろう。たった一人の競争相手を押し退けて、自分の幸福だけを望んでも、それでは真の幸せにはならない」と決意して席を譲ったその人だったのである。

彼は樺太占領当時に軍政が敷かれた時、樺太通信隊の陸軍軍曹であった。民政に変わった時、初代樺太庁内務部逓信課長を相手に、事務引き継ぎ問題で遣り込めたという剛の者であった。

今では当時の気迫は消えうせて、一見すると頑固者に見えるが親切な好人物であった。大泊局でのそんな経緯もあって、就職した直後から彼の経歴を聞いて好意が持てた。そしてあの時、あっさりと先方に席を譲り次の機会を待った自分の目に狂いがなかったことに満足した。

その頃、長浜郵便局の様子が耳に入ったが、局長代理は豊原郵便局に転出し、当時、通信術を教えていた電報配達係の山本君が、通信講習所を卒業して事務員として局に勤務していたし、また、問題ばかり起こしていた井口夫人は、豊原のお役人様と結婚し、物事が円満に解決したと聞いて、昔の悪夢が消えたことを喜んだ。

これまた、長浜局長を欺いて大泊局に異動しようとした事が後を引くことなく、おかげで大泊局で何の気まずさも感じることなく仕事に励めることを喜んだ。

「人間万事塞翁が馬」「縁とは異なもの味なもの」と言うのはこの事かもしれない、と思った。

大失敗

大正十一(一九二二)年四月から、稚内・大泊間の通信方式が、札幌・大泊間の従来の稚内・大泊間の海底ケーブルを使用して、自動通信方式に変更されることになったので、三月十七日から二十三日まで一週間、同僚と二人で自動通信施設見学のため、豊原郵便局への出張を命ぜられた。

豊原局は初めてで、豊原郵便局長は逓信課長も兼務しているので宿舎に着いた夜、表敬の目的で官舎を訪問することにした。

小雪が降る寒い夜、和服に袴をつけ、下駄ばきで出かけ、やっと官舎を探し当てたが、官舎は旧ロシア建築のペチカ付きで、頑丈な建物だった。

玄関に入ったが、睫毛は凍り付いているし、薄暗い五燭光の電球の光では、中がよく見えない。声をかけたが応答がない。長い廊下の両側は旧式のドアだ。

樺太の当時の建物の玄関には、全部分厚い板が敷き詰められていたから、ドアのところまでは「土間」かと思い、下駄ばきのままドアの傍まで行って「ノック」したら、中から返事と共にドアが開いて、婦人が出てきたので、「奥様だ」と直感した。

その時大変な間違いをしてしまったことに気が付いた。土足で廊下に上がっていたのだ！　寒い樺太で冬に履く下駄には「すべり止め」と言って、双方に六個ずつの金具がついていて、これが雪道の中に食い込んで、滑らないようになっているのだ。下を見ると廊下が穴だらけになっているではないか！

奥様は勘違いして上がってきてしまったと気づいたのだろう。「どうぞスリッパを」と言ってスリッパを差し伸べる。「しまった！」と思ったがもう遅い。

すぐに下駄を脱いで手に持って玄関に飛び降りて「スリッパ」に履き替えて頭を下げると、夫人は気の毒に思ったらしく、笑い顔で迎え入れてくれた。

来意を告げると、すぐに座敷に通される。

こうして課長への初めての挨拶は、恥ずかしいやら申し訳ないやらで、しどろもどろになってしまった。

しかし課長はそんなこととはつゆ知らず、「わざわざ寒い中をよく来てくれた」と出身地などについて尋ねる。

北海道島牧郡云々と答えると、「江差の近くだね」と言う。

「私はここに来る前は旭川の局長をしていたのだよ。それでは君は江差追分節が上手だろう？」と笑いながら言い、「今一杯出るから一つ聞かせてくれたまえ」と穏やかな口調で言う。酒をたしなんだことがないのであわてて「次回お伺いした時に……」と辞退して、二、三十分で辞去した。課長は「また来なさい」と玄関まで見送ってくれたのだが、廊下の黒味を帯びた板に「白い小穴」がプツプツとついているのを眼鏡越しに見つけて、不審そうに夫人に小声で「これは何だね？」と聞く。すぐに謝ろうとした時、夫人が「いえ、何でもありませんわ」と課長の言葉を遮った。

帰った後で事実を知った課長が立腹したか、笑ったかは想像するしかなかったが、大失敗が恥ずかしくてほうほうの体で宿舎に戻った。

自動通信施設の見学を終えて、大泊局に帰ってからは、まず第一に会得しなければならない事は鑽孔《さんこう》術であった。鑽孔術とは、特殊な紙テープに「モールス符号」で穴をあける技術で、通常、パンチと呼んでいた。

鑽孔器という、両手に小さな「ハンマー」を持ち、「トン」と「ツー」の符号をそれぞれハンマーで四角い穴に変える一朝一夕にはできない術だ。

来年度から大泊局も自動通信になると言うので、主任は豊原局から鑽孔器を一台借りてくれたが、一台だけでは十分な稽古はできない。それで木材で模型を作り、毎日弁当箱と一緒に持ち歩き、局と家との二股をかけて、時間の許す限り猛練習を続けた。自宅では妹がその練習ぶりを見て、「踊りの真似事をしているようだ」と笑ったものだ。

しかし永豊局員時代、モールス符号を覚えるため、「トンツー」と大声を出しながら、隣村まで電報配達をしたことがあったから、特別のことをしているとは感じなかった。

それでも試験までは二か月半ほどしか稽古ができないので、合格はおぼつかなかったが、局の自動化までには、せめて半人前になって役に立てば、と考えた。

勿論これも受験結果には自信はなかったが、四月二十九日の結果発表で初心者の私の名前があった。特殊有技者が不足していた時だったから、補欠のつもりで合格させてくれたのだろう、と考えた。

とにもかくにもこうして四月一日の年度初めから、現役担当者として実務の第一線に立つことになったのである。

その後五月に、主任の発案で大泊局の有志だけで豊原まで日帰り旅行が計画されたところ、希望者は電信課を含めて合計十八名に及んだ。

まず最初に、官幣大社である樺太神社を参拝したあと、一同で逓信課長の官舎に押し掛けた。丁度課長は在宅で、大いに喜んで迎えてくれ、酒盛りが始まった。

二か月前の〝失敗〟を思い出してそっと廊下に出て床を覗きこんだところ、黒い床に、更に真っ黒い二～三〇個の穴がそのまま残っていた。

課長は運動が好きだったらしく、その後まもなく逓信課や豊原局の若い連中と一緒に、樺太島の南部鈴谷《すずや》山脈一の高山である鈴谷岳に登山したが、登山の途中で腸捻転を起こして急逝した。惜しい人を亡くしたものだ、とあの官舎に残された下駄の滑り止め穴とともに、一生忘れられない思い出になった。

予《かね》て無線通信士の資格を取りたいと念願していたので、大泊局長に万一試験に合格しても、すぐには無線電信局に異動願いは出しません、と条件付きで受験の了解を得、また同僚にも内密にして受験したところ、大正十二（一九二三）年七月四日付で、時の子爵前田利定《としさだ》逓信大臣から、合格証書が下付された。予期していなかっただけに非常に嬉しかった。

こうして私の努力は次々と報われ、前途に明るいものを感じるまでになった。

生涯の師との出会い

この年、大正十年の十一月に、東京では原首相暗殺事件が起き、翌大正十一（一九二二）年には、主力艦の保有総トン数を制限したワシントン海軍軍縮条約が結ばれる。

他方、わが国は懸案だった山東半島における権益を中国に返還する。このように国内外の情勢は果てしなく流動していた。

大正十二（一九二三）年になると、樺太でも大泊郵便局の定員が大幅に増加され、無線電信海岸局が新設される。

その初代局長として着任したのが、官僚出身で一級無線電信通信士の松本光廣氏であった。正に「出会い」が人生を左右する。

電信係として余裕ができたので、仕事の他に今度は英語の勉強を始めたのだが、その動機はこの松本氏に出会った事にある。この時から私は、松本氏を人生の師と仰ぐようになった。

松本氏は洋行帰りの立派なゼントルマンで、背が高く、いかにも鹿児島人らしく眼光鋭く、言語がテキパキとしている。

一見怖そうにも見えたが、言葉の中に何とも言えない人情味が含まれていて、頼もしい方だと強く心を打たれたのである。

無線電信工事は、局長の指揮監督で無事に完成し、さしあたり「大泊郵便局無線電信分室」という名称で開局され、後に「大泊無線電信局」に格上げになる。

分室は、私の自宅から半里ほど離れた船見町の高台で、局舎は丘に隠れて見えないが、高い電柱は付近からよく見える。

「是非あのような立派な大先輩に、英語を御教授願いたい」と思ったので、ある日友人と二人で官舎を訪問してお願いした。

以来、局長の御都合で中止されるまでの約三年間教えを受けたのだが、他にも得難い大きな収穫があった。

局長の体験談と官界生活についての心構え、「常に正しく生き抜く事、自己の良心に恥じないように努める事」を学んだ事である。


人口の増加に従い、電報が著しく輻輳《ふくそう》するようになってきたので、従来の豊原・大泊間の単信装置を、稚内・大泊の二重通信装置に切り替えることになった。

この担当者は特殊有技者の資格が必要だったが、大泊郵便局電信係は主任以下約十名、豊原、真岡、泊居の各一、二等局（普通局）を合わせて五十名程度の受験者がいた。私は田舎の三等局から出てきてやっと一年余りの新米だったが、「何とかしてこの難関を突破しなければ」と死に物狂いで寝食を忘れて猛勉強に打ち込んできた。

緊張して受験したが、結果にはまったく自信がなかったものの、大正十（一九二一）年十一月三十日の発表を見て驚いた。一位は大泊局の中島主任だったが、二位に自分の名前があったのである。

合計三十名余りが合格したのだが、下馬評では真岡、豊原局だろうと騒がれていたのに、蓋を開けたら一位と二位に大泊局が入り、しかも最若手の私が入っていたのだから、大泊局の評判が上がった。

この資格は「昇給や賞与など」がとんとん拍子で上がる最右翼だと言う。先輩たちが、羨ましそうな顔で祝ってくれるのを見て「運はどこで待っていてくれるかわからぬものだ」と思うとともに、その運を捕まえるのが「努力だ」と痛感した。

関東大震災

大正十二（一九二三）年九月一日、午前十二時前に、関東地方に大震災が突発して関東地方以遠の内地の電報が全く途絶してしまった。

札幌電信課に聞いても東京線が突然断線してしまったので、全然様子が分からない。天候も悪くないので電線が強風で切れたとも思われない。何か大きな事変が起きたようだとのこと。

大泊無線局では、北海道の落石無線局と緊急連絡を取って、初めて東京を中心に関東に大地震が起こったことを確認した。

しかし双方ともに海岸局なので船舶の航行安全上、頻《しき》りに長時間、他と連絡をすることは許されない。

そこで落石局との連絡を打ち切ると、無線局長から大泊郵便局長に「関東に大震災が起こっていること」を知らせるとともに、「今から大泊観測所の受信機で、震災の様子を傍受しに出かけるので、内藤君を助手として貸し出すように」と願い出たらしく、大泊局長から同行するように、と許しが出た。

松本無線局長が馬車を飛ばしてきたので、局長と共に、一里ほど離れた観測所に急行した。野田観測所長の出迎えを受け観測所に入ると、局長は受信機を調整し、一応現状を傍受してメモすると私と代わった。

それから、翌朝まで徹夜で傍受を続け状況をメモした。

地震は一応治まったようで、時々余震がある程度だが、火災がひどく、東京は戦場さながらであるようだ。

直ぐに救援活動が始まり、救済物資の輸送状況、京浜方面その他の被災状況、治安状況、海防艦「松島」の救済物資の輸送などに関する活躍ぶりがメモの主な内容だった。

それらのうち、急を要すると思われるものを隣室で待機している局長に持参すると、局長は樺太庁を始め、地元新聞社、大泊電信係、その他に速報する。

更に大泊郵便局長は、新設されたばかりの札幌・大泊間の自動通信で、札幌郵便局に速報するなど、北辺の樺太にあって、思わぬ大活躍をした。

翌朝は、現地の救急活動も一応軌道に乗ったようなので傍受を打ち切り、通信所長の官舎で、夫人手作りの朝食を御馳走になり、局長と共に帰路に就いた。途上で局長から「ご苦労を掛けたな」と、笑顔で慰労されて本当に嬉しかった。

無線通信士の資格を得て直ぐに、こんなにお役に立つなどとは考えてもいなかった。これも局長らのお蔭だ、と心から感謝した。

樺太の春秋

一回目の渡樺で「樺太には四季というものがない。夏と冬の二つだけだ」と感じていた。その理由はやっと雪の中から解放されるのが、五月の末から六月の初めで「土が見えた、草木の芽が出始めた」と思う間もなく、福寿草も、鈴蘭も、野菖蒲も、庭の梅も、桜も、花という花は一時に咲いて、緑樹の時期などあらばこそ、野山は青葉に覆われ、北国特有の夏の日長に入ってしまう。

そして九月の声を聞くと、昨日まで青かった唐松の葉が、急に黄色に変わり、「ななかまど」の木だけが、ちょっと紅葉したと思ったのも束の間、草も木も落葉する。

木枯らしの音に急き立てられたように、夕日は釣瓶落《つるべ》としとなり、何の容赦もなく一直線に長い冬眠に入ってしまう。

こうなると大部分の人々は、申し合わせたように家の中に引き籠もって、来る年をまた待つことになる。この事を北海道・樺太では「越年《おつねん》」と言って、郵便局を始め一般官公署でも勤務時間が短縮され、一、二月は、郵便局・鉄道などの現業を除き、午前十時出勤、午後二時退庁で、冬眠状態になる。

郵便局は現業だとはいっても、周りが暇になるので、一般事務、殊に電信事務は、一月初めから三月上旬までは休養の期間だ。

この間に良きにつけ悪しきにつけ、英気を養う事にしていた。

秋に、電信係の主任が特定局の大栄郵便局長に転出することになり、後任に真岡郵便局から書記補が着任することになった。そこで親善を深めようと謡曲会や各係対抗の歌留多《かるた》会を催すことになった。時は大正十三（一九二四）年一月十二日、ようやく松の内も過ぎて、局員たちは真っ赤に焼けたストーブの周りを囲む頃であった。

会場には大泊記念館（公会堂）二階の和室を充て、出場選手は郵便、電信、電話、集配の四チーム、各組から出場する選手は三名とし、チームにはそれぞれ名称をつけることにした。

私のチームは「流星」で、流れ星のような早業を意味し、掛け声の訓練もまずまず上出来で、一札取るごとに取った札を斜め上に高く掲げて、現代風に言えば「かっこいい」ところを相手に見せつけて威圧する作戦である。

北海道、樺太方面の歌留多は、下の句だけを読んで取るので、ほとんど最初の一声だけで取ってしまう。

歌留多の札は三ミリほどの厚さの「朴の木」で出来ているから、パッと飛ばすと襖に穴が開いたり、顔に当たると怪我をするので飛ばすことは禁止されている。

選手たちは袴をつけ襷をかけ、頭には新撰組が付けるような柄が入った鉢巻きを締めている。優勝旗は紫の「シンモス（モスリンに似せて織った、薄地で柔らかな平織り綿布。和服裏地・夜着裏地・肌着などに用いる。新メリンス）」の中央に鈴蘭を二本、円形に抱き合わせたデザインだ。

これは私の手作りであったが、その見事な出来栄えに、局長はじめ皆に大好評であったから、参加者の気勢も盛り上がった。

勿論、「流星」チームが優勝し、大勢の局員らの前で、局長から優勝旗が授与されると、早速記念撮影し、祝杯となる。

私以外は皆呑兵衛だったから、虎になったり、泣き上戸になったりその後始末に大わらわだった。こんなことが極寒の地・樺太における、楽しい冬の行事だった。正月も過ぎて、やがて三月も半ばを過ぎると、また大活躍する時期に入るのである。

この頃、大泊郵便局の定員は年を追って増加するので、局の幹部たちにとっては、独身局員たちの下宿の斡旋が容易ではなかった。

たまたま私の借家に郵便係の木田さんが同居しているのを知った幹部たちは、「当分の間」という期限付きだったが、結局四〜五人が二階の二間に雑居することになった。そこで養父は、いつまでもこんな状態では落ち着かないので、借家を増築してもらい、養父母たちが下宿専門の旅館を経営しようということになった。

家主は、市内の大きな商店を営んでいた話の分かる人で、快く承知してくれ、総二階にして二階に六室を増設し、一室二人を定員にリフォームした。

得意先の九九%は郵便局関係者なので、互いの気心はよく理解できたし、養父母が誠意をもって接したから、先方もまた自分の家のように感じるらしい。

両親を自分の親のように慕い、年少者に対しては、妹が「兄さん」と呼ぶ関係になってきた。養父母の「営業」はこうして順調に伸びていった。

そんな最中、心服している松本・無線局長夫人が急病で亡くなった、と一報が入った。私は電信主任の了解を取って、取るものもとりあえず官舎に走った。

町からはまだ誰も来ていない。官舎の夫人たちが五、六人集まって忙しそうに立ち働いているだけである。

局長はと見ると、神前に、愛児を抱いて、毅然と座っていたが、哀惜の様子は隠せない。その姿を見て胸がいっぱいで声もなく、ただただ深く頭を下げた。局長はそれを見ると「よく来てくれた。あまりにも急であったので、医者が間に合わなかった」と夫人の病状を語る。やがて大泊郵便局長はじめ、弔問客が次々に到着し始めたので、大泊局長に「葬儀が終わるまで官舎の方々と行動を共にし、お手伝いしたい」と申し出た。

松本局長の家庭は、夫人と二男一女の五人家族だと伺っていたが、先妻は二人の男の子を残して旅立たれ、今度亡くなった後妻夫人との間には三歳の美代子ちゃんが残されたのである。

さすがに豪快な局長であったが、その後数日間は悲嘆の毎日を過ごしているように感じられたので、出来るだけ足しげく官舎を訪ねて慰めるように努めた。

美代子ちゃんは、私を見ると非常に喜んで、飛び出してきてはままごとの相手をさせられる。母親が亡くなったことをどう感じているのだろうか？　といじらしく思われた。

しかしその姿を見た局長は「内藤君も美代子に子供扱いされてかなわんな」と徐々に笑顔を取り戻していく。

ようやく落ち着いて局長が出勤するようになって間もなく、今度は局長自身が、不調になった電力室の「モーター」を調整中に、誤って「モーター」に指を巻き込まれ、指先二本を切断する事故に遭った。

今度は思いがけない公傷で暫く通院し、傷が全治して間もなく、傷心の局長は、整理を兼ねて郷里の鹿児島へ美代子ちゃんを連れて帰省した。

こうして約三年間継続していた英語の講義も休止になったのだが、残念に思ったのは、英語の講義の後の三十分ほどに、局長が語る官界生活三十年間の体験が聞けなくなったことだ。

それは官界生活における心構えで、「常に正しく生き抜くこと、自己の良心に恥じないように努めること」などという、一つ一つの教訓が、若い脳髄にしみこみ、潤してくれていたからである。

何よりも局長は、物事にこだわらず、実に潔癖な方で、例えば「日本人の挨拶は非常にくどい。一度済んだ礼を『昨日は～』『先日は～』等と何回も繰り返す。お詫びの言葉もそうだ。外人にはそんな仕来りはない。心すべきことだ」と語ったものだ。局長の出身地である鹿児島の偉人、西郷隆盛もこんな人物だったのであろう、と想像した。

やがて局長は鹿児島から、健康そうで明るい夫人を迎えて美代子ちゃんを連れて戻ってきた。

松本無線局長との思い出

(一)「英会話教育」

当時の私にとっては、松本無線局長との出会いは「神のお引き合わせ」とも言うべきことで、最初に会ったのは大正十二（一九二三）年であったが、爾来、昭和七（一九三二）年三月に官界から勇退して退官し、郷里の鹿児島に引き上げるまでの約十年間というもの、局長は「弟分」として薫陶してくれたのだから、紛れもなく「恩師」であった。

初めて英語を習いたいと願い出たのは、局長に会って間もなくのことだった。局長は「これまで幾人からか、頼まれるままに教えてきたが、どれも三日坊主ばかりで、なかなか長続きはせぬものでね」と言った。恐らく自分らもその類と見たのだろう。はじめは「まあ、来てみたまえ」とあまり期待していない返事であった。

同僚の木田さんと二人で通うことにしたが、木田さんは郵便係、私は電信係なので勤務の都合で別れ別れに通うことが多かった。

そのうち木田さんは家庭の都合でやめてしまったのだが、私は「局長がお差支えない限り」と日勤の時は夕食後から午後九時頃まで、宿直明けの休日は午後一時頃から三時間ほど、その都度局長の都合を前もって伺った上で一週間に二、三回ほど通って指導を受けた。

教材は「ナショナルリーダーその一」からだったが、通信教育講義録で幾分か勉強していたから、割合スラスラと進み、二年目から「その二」に入った。いつでも局長も夫人も、特に三歳の美代子ちゃんが喜んで迎えてくれるので、少しも遠慮することなく、勉強を楽しんだ。

局長の教え方は、教師と生徒が一対一という贅沢さだったから、「勿体ないな〜」と感じたものである。

途中の小休止の時間には、局長はヨーロッパの子供たちの対話の様子とか、一般会話の方法など、「ユーモア」を交えて話をするので、とても興味が湧く。

そして指導中は忍耐強く、何回も繰り返して私が納得するまで教えるのだが、「物覚えが悪い奴だ」とか「低能だ」とか言うような態度は、見せなかった。そしてこんなことを言った。「習わないことは知らないのが当然だ。決して恥ではない。知らないから知ろうとして習うのだ」「知らないで知ったかぶりをすることこそ恥なのだ」

その度に「局長は立派な方だ」と頭が下がる思いがしていた。

ある宿直明けの日だった。前夜は多忙だったので総徹夜してしまった。しかし稽古日なので出かけた。官舎の座敷には暖房が入っているのでポカポカと暖かい。つい睡魔に襲われ、局長が「リーダー」を読む声を耳にしながらも、いつの間にか「コクリ」となって、「ハッ」と気が付いたが、時すでに遅かった。

勿論局長は気づいていたので「すみません」と謝ると、局長は顔をしげしげと見て「アッ、君は昨夜は徹夜したはずだったな。無理をしてはいかん。眠いのは我慢するものではない。五分間でもいいから休みたまえ。僕は局に用事があるからその間、ここで横になって休みたまえ」と言うと、官舎に隣接した一分とかからない無線局に移動したのである。するとすぐに夫人が毛布と枕を持ってきた。「なんという人情味の深い方々だろう」と、有難いやら恥ずかしいやらで目頭が熱くなった。

局長は、大泊電信係が内地電報の臨時中継をしたので、当直員全員が今朝交代するまで一睡もしていないことを知っていたのだった。

三十分ほどして「ニコニコ」して局長は戻ってきた。お陰で頭がすっきりしたので予定通りに講義は進み、ほのぼのとした気持ちで自宅に戻った。

こうして雨の日も風の日も吹雪の時も、自宅から半里ほど離れた海岸沿いの高台にある官舎に通う。その日、その日、昼となく夜となく局長の温情に生きがいを感じ、ひたすら勉強に打ち込んだ。

(二)「無線電話(ラジオ)の試験放送」

大正十四(一九二五)年三月二十二日のお昼頃であった。松本局長から「今日午後七時に、東京の愛宕山《あたご》から無線電話の試験放送があるから、勤務が終わったら直ぐに来たまえ」という電話があったので、直接局から無線局に出かけた。

六時半頃には、大泊郵便局長を始め、町長、商工会議所会頭、新聞記者その他学校関係者など、名士が三十名ほど集まっていて、広くもない無線局内は一杯だった。私は通信室で、有線通信の応援をする。

午後七時、松本局長は緊張した面持ちで、真剣に喇叭《らっぱ》型の大きな受信機を調整しているが、雑音が多くて、なかなか聞き取りにくい。そのうち、雑音がやや少なくなった時、受信機から、「……今日のこの放送は、南は台湾から、また、北は遠く樺太大泊の方々まで聞いておられるはずでございます……」と聞こえてきた。

これは局長が、前もって「大泊無線局に、多数の名士が集まって期待している」と打電しておいたからであった。

松本局長のお陰で、日本最初の「ラジオ」放送を聞く事が出来た事は、私の忘れがたい一生の思い出となった。

(三)「ツェッペリン号通過」

昭和四(一九二九)年八月、ドイツの飛行船「ツェッペリン号」が、樺太上空を飛行した。「ツェッペリン号」はこの頃登場した一連のドイツ巨大飛行船のひとつで、愛称を「グラーフ・ツェッペリン」と言った。昭和三(一九二八)年九月十八日に初飛行した、全長二三六・六メートル、最大体積が十万五千立方メートルにものぼる、当時世界最大の巨大飛行船である。浮力には水素を使い、五百五十馬力のエンジン五基を搭載し、六十メートル・トンの荷重を運搬可能にしていた。

ツェッペリン号は広大なシベリアを横断して、八月十九日に東京(霞ヶ浦)に着陸し、その後初の太平洋横断飛行をして米国に向かう無着陸飛行を行っていた。

樺太上空を通過する時、樺太庁長官から「ツェッペリン号」のツェッペリン博士と搭乗している朝日新聞記者宛に、それぞれ祝電を発信する予定だった。

いつも通りに出勤すると、主事席の机上に前日の電報原書（電報控）が山積している。私が局長に代わって一綴りごとに、これに検閲印を押すのも仕事の一つだったから、一通り目を通して最後に欧文電報の内容を読んでいると、博士宛のものと記者宛のものとで、電文の内容が取り違えられていることを発見した。

昨夜の当直主任がまだいたので、早速事情を尋ねると、樺太庁秘書課から、日本語のままで二通の電報を持ってきて、これを英訳して発信してもらいたいと頼まれたので、いずれ大泊無線局を経由するので、無線の担当者に英訳をお願いしたものだと分かった。

問題は無線局担当者が取り違えて発信してしまったのか、豊原局の担当者が取り違えて英文の控えを作成したのかに絞られる。

そこで無線局長に電話で二通の電文の内容を調べてもらったところ、内容を取り違えたままで送信してしまったことが明らかになった。

その時局長は、「この誤りの責任は無線側にあるので、自分が一切の責任を負うから心配するな。本庁から何か言ってきた時はすぐその電話を僕の所に回してくれ」とあっさりしていた。

しかし、当方からお願いしたことが間違いの原因を作ったのだから、その責任は豊原局にあるので、念のため逓信課次席に極秘で報告した。

ところが次席は「それは心配するような問題にはならぬだろう。今朝の新聞に何か出るまでは様子を見よう」と言った。

果たせるかな新聞には、博士と記者宛とが、正しい内容で発表された。

それもそのはず、樺太庁からは原文のまま新聞社に原稿を提供していたのだから、取り違えることもないと笑い話になった。

しかしこの処理を通じて松本局長の責任感の強さと、物事に動じない姿に、いつものことながら感じ入ったのである。

(四)「喫煙禁止……率先垂範」

この頃は人員が少ないので、主要線を担当する者は勤務時間中はほとんど休憩もできない。それで疲労を癒すために通信中に巻き煙草を吸う習慣があった。そこで機械台や通信器具類の蓋などを外して灰皿の代用にする。

どこの郵便局でもそれが普通の状態なので、何とか改めさせようと思い、局長に「私案」を提出した。

ところが局長自身がいつも銜《くわ》え煙草で室内を見回っているので、「率先垂範で局長から改めてください」と局長の顔を覗きながら「ニヤリ」と笑って反応を見ていると、「こいつ痛いところを突いたな」と言いつつ、笑顔で「それは良い、大賛成だ」と言う。

気の変わらぬうちに、と早速各主任に提案し、繁忙を極める線を受け持つ担当者には、一時間当たり十五分の休憩時間を与える。喫煙席は別に設けるので、休憩時間中に喫煙し、通信事務中の喫煙は禁止する。休憩時間中は、主事及び主任が適当に代番を務める、との内容を書いた紙を、電信室入口の扉に張り出した。

ところがこれを見た喫煙者たちからは「局長の銜え煙草をやめさせられないのに、我々だけに文句を言うのは納得できない」と不評だった。

彼らは局長がやめたら自分たちもやめよう、と申し合わせてそれとなく局長に注目していたらしい。

そんなこととはつゆ知らず、二階の長廊下を靴音ものどかに銜え煙草で「コトン、コトン」とやって来た局長が、ドアの張り紙を見るや「内藤君に叱られる！」と独り言を言って、慌てて煙草の火をもみ消し、ポケットに入れると、何食わぬ顔でいつも通り室内を見回って出て行った。これを監視していた中堅事務員が、慌ただしく主任席に飛んできて、「局長が掲示を見て、内藤君に叱られる、と言って銜え煙草をやめた。僕らの負けです。今からみんな、執務中の煙草はやめます」と宣言、意外と簡単に〝改善〟は成功したのであったが、局長は「芝居」をしたのだ！　と私は考えた。

いずれにしても局長は、部下に対する深い理解を持っていたのであり、その人徳の至らしめるところで、部下は幸福だ、と改めて感謝した。

（五）「局内会議」

宿直明けの午後、裏で作業をしていると、小遣いが「緊急の会議があるから出てほしい」と呼び出しに来た。当時は今のように事務用の電話はなかったのである。すぐに作業着から着替えて出かけると、局長室には各係主任以上のメンバーが揃っていて、欠席者は私一人であった。しかも協議は、既に結論が出てしまっていたのである。

局長はじめ一同に会釈して局長の隣の空席に着くと、主事が「君は、今日は宿直明けなので、疲れているだろうなと思って遠慮して知らせなかった」と言った。

局長はこの一言で主事の腹の中を察知したらしい。

それは他の宿直明けの主任は全員呼び出しているにもかかわらず、一番影響力がある内藤主事を敬遠したと見た、つまり「欠席裁判」だと見たのである。

松本局長は改めて、「今日は豊原郵便局野球部の復活問題で、逓信課長から頼まれたので、今皆に集まってもらい、意見を聞いたところで大体話がまとまったが、君の顔だけが見えないので変だと思って呼んでもらったのだ。種々の困難な事情はあると思うが、今回だけ僕の顔を立てて賛成してほしい」と言った。

局長は正直に窮状を打ち明けたのである。

私は「すでに大勢が賛成に決まっているようですので、仮に私だけが反対したところで、何ともなるものではありませんが、一応私の意見だけはお聞き願います」と前置きして、「局員・駅員等現業事務に携わる役所は、ご承知の通り服務状態がばらばらなうえ、定員が辛いので一人の人間を捻出するのも容易ではありません。

運動奨励とか、体育云々で現に豊原には、樺太庁本庁、樺太庁鉄道事務所、逓信課の野球部三チームがあり、それにまた豊原局が復活したなら、市民はじめ周辺の野球ファンは大喜びでしょうが、その半面に犠牲になっている、か弱い従業員が多数いることを見逃すべきではありません。野球ファンのための郵便局ではありません。

今日集まっておられる多数の幹部の皆さんは、そんなことが判らぬはずはありません。ただ、利口な人は口を開こうとしないだけです。

豊原局で野球のために支障がない所と言うならば、主事が担当する電話交換くらいのもので、電信をはじめ、郵便、為替その他は皆犠牲者が出ることは火を見るより明らかです。

それに局長からは今『僕の顔を立ててくれ』とのお言葉でしたが、真意とは思えません。その御心中を察した上で申し上げるのですが、あのお言葉は他の局長でしたら何をか言わんやですが、常々部下を我が子のように心配して下さる局長が、この席での総意だからと言って、現に局員中に多数の犠牲者が出ることをご承知の上で実行しようとなさるのですか？　誠に残念です。これだけ申し上げ、局長の御再考をお願い申し上げます。その上でいかような断を下されても、私は主事として全力を尽くして電信事務に生じる支障を少なくするよう努力するのみです」

そこまで言うと後は涙声になっていたが、会議場は水を打ったように静まりかえっていた。局長は腕を組み、瞑目して話を聞いていたが、やがて「僕が間違っていた。今の言葉は取り消す。そして改めて僕の話に関係なく、職責本意で一人ひとり意見を述べてくれたまえ」と言い、一同を見渡した。

一同は下を向いたきり一言も発しない。「なんという頼りない幹部たちか」と腹立たしかった。そこでまず電信所属の主任を名指しして意見を聞いた。

結局「一チームを作る事が事務に無理生じさせて、人のやりくりが困難になると思います」と主席主任が口を開くと、次々と同様な意見が出た。

電話担当の主事は野球の〝大ファン〟だったが、私の剣幕に驚いたのか、如才なく小さな猫ナデ声で、「局長、やはり事務に大きな支障をきたすでしょうね。内藤君の意見に賛成します」と言った。

結局全員が、従来通りに二、三名の選手を逓信野球部に貸与して協力するということに落ち着いた。

私は、局長に対しては誠に礼を失したことを申し述べて、申し訳なく思ったのだが、正義のために「局長の顔をつぶしたが、局長に対する部下の信頼をさらに深めることが出来た」ことを喜んだ。

局長は早速逓信課長を訪問して、局内幹部連中の意見をそのまま伝え、課長の意思に添い得なかったことを詫びたところ、課長は「無理を言ってすまなかった」と言った。

こうして野球部問題は無事に解決したが、こんな諫言《かんげん》を局長にできたのも「恩師の人柄」に心酔していたからであったろう。

第四部　官吏生活

皇太子殿下奉迎委員と知取町の大火災

大正十四（一九二五）年四月三十日付で、樺太庁通信書記補に特別任用され、普通文官の仲間入りをした。月俸五十二円（樺太給で九十三円六十銭）となる。

この年、皇太子殿下（昭和天皇）の樺太行啓があり、奉迎委員を命ぜられた。委員といっても、大泊町のお立寄り所・王子製紙会社で、御用電報の取扱いを命ぜられただけであったのだが、その感激は大きかった。

「当日の殿下は、恐れ多い事だが、私より二歳お若くて、お召艦で大泊港に上陸され、海軍の夏の御制服姿で、王子製紙会社の藤原銀次郎社長を先頭にした奉迎委員一同の最敬礼を、挙手の礼でお受け下され誠に感激した。又、町内をお通りの沿道は、田舎から出てきた多数の奉迎者で、どこもここも人で埋め尽くされていて、大変なものであった。

殿下はお召列車で当日は豊原までお出でになり、夕方大泊にお戻りになってお召艦に引き上げられた。委員一同には、後ほどお土産として恩賜のタバコと御下賜金を賜った。私としても光栄この上もない事であった」

とこの日の日記に書いた。これが満二十六歳の青年の率直な感想であった。

昔から「火事は江戸の花」と言われるが、樺太では「火事は樺太の恥」ともいうべく、毎年春から初夏にかけて各地に山火事が発生した。この年も山火事が原因で、大正十四（一九二五）年七月に東海岸にある新興都市・知取《しるとる》町に大火が発生した。

製紙会社が進出中で、パルプ工場新設工事中の出来事である。この辺りは開発途上で、陸上の交通機関は殆どないので、海路が頼りである。

通信機関も同様で、旧式な電信・電話に頼る以外に道がなかったので、郵便局も局長以下三、四名の特定局（内地の請負三等局と同じ）である。

そこに急激に一万余りの労働者や移住者らが入り込み、それに加えて大火が起きたのだから、全く動乱が起きたようなものだった。

郵便、小包、電報などが山積するのみで、手の施しようがない。それに加えて局長親子が、それぞれ公金使い込みを起こす事件まで突発してしまう有様。

この事を知った逓信課では早速中山書記を総指揮官として、事務処理のために豊原、大泊、真岡の各局及び逓信課から、さしあたり三週間の予定で十数名のそれぞれ専門の係員を選抜して、「知取郵便局臨時駐在」の名目で差し向けることになり、大泊郵便局からは電信係の私と他に一名が選抜され、即時出発を命じられた。

準備もそこそこに当日は汽車で東海岸の終点駅である栄浜に一泊、翌朝小型発動機船に乗り込んで、知取に入港したのは夕刻であった。先着の内の三、四名が、船が着く局前の浜辺まで出迎えてくれる。

市内はまだ方々が燻っていて、薄い煙が立ち上っていて火災が如何に物凄かったかを物語っている。

焼け残った、田舎小屋のような小さな郵便局の中は、通路にも室内にも到着したままの郵便行嚢が山と積まれていて、足の踏み場もない。

各地から入り込んで来ている行商人達は、何日間も焼け残った旅館に泊まり込んでいて、代金引換小包の処理を待ち兼ねて局に押しかけては「まだか、まだか」と怒鳴っているので、その応対だけでも大変だ。しかも郵便局だけが唯一の頼みなのだから無理もない。

電報は窓口で受け付けただけで、二、三百通の頼信紙《らいしんし》が積み重ねたままになっているからどうにもならぬ。「火事場騒ぎ」とはこの事を言うのだろう。

肝心の知取局長親子は、混乱の最中なのに未決囚人として収監されていて不在である。不都合千万なことだが、事ここまで至ったのは、単に局長親子の責任ばかりとは言い切れないものがあったのではなかろうか？　と感じた。

とにかく大混乱だ。その夜は中山書記を中心に善後策を検討した結果、まず必要資材について製紙会社に申し入れ、協力をお願いすること、局の向かいにある会社の見張所である、二間四方の建物を借用して、郵便切手類の販売と為替貯金の受払事務を取り扱うこと、局舎横の空き地には大天幕を張って郵便行嚢約一千個の一斉整理に着手する事、電報の受付と郵便物の引き受けは現局舎で行うこと、などを決め、翌朝早々に着手したが、正に重労働の人夫同然だ。しかし逓信課を始め各普通局から選抜されてきた若者連中だったから、午後四時ころまでには山と積まれてあった郵便行嚢も見事に処理が終わった。

長い間お客さんに迷惑をかけた代金引換郵便物などは、夜間までかけて受取人に引き渡したので、一般の方から非常に喜ばれた。

毎日の事務の分担は、一応郵便、電信、為替、貯金に区別して、電信と為替貯金に全く経験がない者は、窓口で郵便切手やはがきなどを販売する郵便事務を主に担当することになった。

しかし、どの仕事も非常に輻輳していて、勤務時間中は昼食も交代で食べるような状態で、寸暇もなく、夜になると疲れ切ってしまって、寝るのが楽しみな毎日だった。

一日に二人の当番を出して、朝食から翌朝の仕入れ準備まで炊事をしなければならない。消灯は十時、皆疲労しているので床に就いたらぐっすりだ。貸し布団二十数枚を敷き詰めて、上には毛布二枚ずつ、枕は毛布を丸めて一本を五、六名で共用、朝五時に起きる炊事当番以外は起床は六時、食事の準備ができると「飯だー」との合図と同時に、丸太のような枕を引っ張ると、頭が「ゴトン」と床に落ちるのでみんな目を覚ます。これは約束事なので文句を言うもの

鮭鱒の季節になると各所で漁が始まる

は誰もいない。

食事のおかずは、野菜類は行商が来るのでその都度購入する。魚は直ぐ前を流れている知取川に行き、竹がないので、落葉松の手ごろな長さのものの先に鍵をつけた棒で二十分ほど水中を掻き回していると、大きめの鱒が二、三匹引っ掛かる。産卵のため川に上るので、鱒の子が入ったものもいる。

とても面白い。何しろ相当大きな知取川の一面に、鮭や鱒が群れをなして川上まで上るのだから面倒はない。全く見た人でないと嘘のような話で信じられないだろう。

しかし毎日生鱒の丸切りばかり食べさせられるので、数日後には評判が悪くなってきた。

私は郵便、電信、為替、貯金、切手販売など、何でも屋なので、炊事係はあまり回ってこなかったが、それでも期間中に三、四回は経験させられた。

風呂は局長宅用の小型の木風呂があり、炊事係が沸かしてくれるので不自由はなかった。だが、床屋は新市街の焼け残りの店まで行かなければないので困った。

みんな疲れているので、無精ひげは伸びるに任せた。みんな同じなので誰も笑う者も、咎める者もいない。

山のように積み上げられた小包郵便の処理も一段落した日に、作業服のままの鉢巻き姿で記念撮影をした。ところが出来上がったのを見ると、誰彼の別なく八字髭やら泥鰌《どじょう》髭を生やしているではないか。一同怒るやら苦笑するやら大変だったが、鏡など見ている暇がなかったのだから仕方ない。

写真屋はあまりにも髭モジャなので、好意で適当に修整したらしいがそれが裏目に出て、交渉の結果、再修整をしてもらうことになった。

しかし、その写真が出来てきたころには、みんなの髭もきれいになっていたから、過去の笑い話になってしまったが。

ささやかな日露親善

だいぶ整理も出来たある早朝の事であった。

炊事当番で早起きした大泊局の郵便係が、窓口で誰かと話をしていたようだが、段々と声が大きくなってきたので、皆目を覚ましてしまい、なんだ、なんだともの珍しそうに飛び出していくが、ちょっと相手をしてみたら言葉が分からない。

そのうちに誰かが「内藤さん、頼む。婆さんの言うことが判らないので閉口している。後始末を頼む」と言って、いつの間にか皆退散してしまった。

仕方なく起き上がって窓口に行ってみると、六十歳を越えた白系「ロシア人」のお婆さんで、何か局に用事があるらしく、身振り手振りをしながら頻りにお願いしている様子だが、私だってロシア語は「今日は（ズドラーストヴィ！）」の他は知らない。

しかし、局に用事があって来たことだけは察せられる。耳を澄ましてよく聞くと、三歳児のような日本語らしい中に、ロシア語か何かわからないが、「トマリシ」と聞こえる。泊岸村は知取町の北十里ほどにある隣村である。

更に両手で水を汲むような恰好をして左右に振り動かしながら、「カット、アフナイ」と言う。その朝は風が強くて海が荒れていたので、「発動機船が危ないということではないか？」と気が付いた。

老婆は、今度は写真を取り出して見せ、息子らしい人を指さして「テレホン？　テレグラフ？」と早口で言う。ここまで聞くと大体見当がついた。

つまり「海が荒れて発動機船では危ない。泊岸の息子に迎えに来てほしい。電話か電信で連絡してください」ということだろう。

そこで老婆の手を取って、狭苦しい電信室に連れてきて椅子に腰かけさせ、「ここで待っているように」と動作で示し、早速泊岸郵便局の電信係を呼び出して、老人のことを伝え、心当たりの有無を尋ねた。

泊岸の局員から「局の近所に古くから住んでいるロシア人の大きな農家がある。そこの婆さんは、昨日、知取の状況を視察するため、発動機船で行って、今日帰ることになっている。海が荒れているので息子が心配して、今馬車で迎えに行く準備をしている。昼ごろまでには知取に着くから、婆さんを保護しておいていただきたい」と言ってきた。

その間、老婆は私が「ハンドル」を取って「コツコツ」通信している姿をもの珍しげに、頼もしそうな顔で見守っていた。

泊岸との電線を通しての話が終わって、馬車と息子の絵を描き、時計を指して「昼ごろここに息子さんが来るから安心して待っているように」と仕草で示してやった。

すると老婆は完全に理解できたらしく、如何にも嬉しそうににっこりと笑って、何度も手を取って感謝の意を示した。予定通り、局の前に馬車が着いた。

若い息子はなかなか立派な人物で、日本語でよどみなくお礼を述べて、何度も頭を下げ、老婆共々手を振りながら帰っていった。

これを見ていた局の仲間たちは「内藤君はロシアの婆さんに見込まれた」と冷やかしたが、言葉が通じなくとも、双方誠意をもって当たれば、意思が通じるものだと悟った。ほほえましい日露親善の一コマだった。

若い者同士、それも同じ職場の同志だ。いざとなると気が合うので、仕事もドンドン進み、積み重ねられていた小包の山も、旬日《しゅんじつ》にして完全に消滅してしまった。

後はその日その日の事務処理だけになったので、任務が解かれる日も見えてきた。

空席だった知取郵便局長には、逓信課の会計課長が発令され、家族同伴で着任した。さっそく製紙会社の協力で、仮局舎の建設に取り掛かり、四、五日でバラック建ての広い局舎が出来上がった。炊事の方は一切、着任の翌日から局長の責任で、さしあたり加勢の女性を雇い入れ、夫人が取り仕切り始めたので、応援局員は炊事当番から解放され、食事代を支払って御馳走にありつけることになった。

間もなく、今までの責任者だった中山書記も、業務一切を新局長に引き継ぎして引き上げることになり、解散慰労会は、市内の焼け残りの料亭で一人五円ずつの豪勢なものになった。当時の宴会は二円から三円が相場だったのだから……。

この経費一切は、中山書記の責任において、局長空席中に特定郵便局扱いとして郵便切手やはがき、収入印紙を売りさばいた割引手数料相当額が五十円以上あったので、その全額を苦労した全員のための慰労に拠出したのである。

「人の上に立つ人は、かくあるべし！」と全員大喜びであった。

しかし、甘党の私は酒席を好まない。そこで留守番を申し出たところ、書記は現金で五円渡してくれる。それでお菓子を買い、配達係など四、五人全員を集めて局の休憩室で茶話会を開き、大いに食べ、大いに語り、それに宴会を終えて戻ってきた一同も加わり、楽しい一夜を過ごしたので、知取局での業務支援は辛いものであったが、懐かしい思い出の一つになった。

大泊郵便局電信係上席主任

翌日、局の補充状況を勘案しつつ、遠い者から、三三五五引き上げ始め、一週間ほどで、更生された知取郵便局は再出発したのであったが、私が知取を引き上げたのは一番後であった。それは新局長が局員補充の件で、非常に苦労していたから、めどがつくまでの三、四日間、手助けをしていたからであった。

大泊局に帰ってみると、大正十四（一九二五）年七月二十四日付で、大泊郵便局電信係上席主任の発令が出ていた。

知取から帰る早々、二十数名の総責任者として、又々仕事に精魂を打ち込まなければならなくなったのである。

大正九（一九二〇）年三月、「樺太庁通信事務員ヲ命ズ。大泊郵便局勤務ヲ命ズ」という辞令を手にしてから満五年、憧れの大泊郵便局の電信係主任になった。その感激は夢かと思うほどであった。

しかし手放しで喜んでばかりはいられない。命を受けた以上、誰に見られても、主任として恥ずかしくない主任でなければならぬ。それにはどうすればいいか……。

まず第一に「人の和」だ。係員一人一人の心情をよく理解して、係員に信頼される主任になろう。これが満二十六歳の私の決意であった。

従来は五人の主任の内の上席者を一般に主任と呼び、その主任の責務の限界は判然とはしていなかった。

そこで最終的な全責任は、上席主任一人で引き受けるが、平常の事務については他の主任にそれぞれその部門について全責任を負わしめるという方針で通信主任、受・配主任を指導し、私は常に各担当者の繁閑に留意し、特定の係が繁忙だと認めた時は直ぐ代わってやり、少しでも休養の時間を与えるよう努めることにし、受付には電報料金計算の迅速正確を図るため、仮名で五百文字までの各種の料金が一目でわかる料金早見表を備え付けた。

また従来は電報取扱い上の誤りを発見した場合は一件ごとに「事故簿」に記載して本人に注

保守関連

日本人なら知っておきたい靖國問題　高森明勅 編　1300円

日本を守るには何が必要か　佐藤 守　952円

安保法制と自衛隊　1200円

静かなる日本戦区　坂東忠信　1300円

反日日本人　KAZUYA　1200円

テキサス親父の「怒れ！ 罠にかかった日本人」　トニー・マラーノ　1200円

余命三年時事日記
余命三年時事日記2
余命三年時事日記 共謀罪と日韓断交
余命プロジェクトチーム　各1200円

在特会とは「在日特権を許さない市民の会」の略称です！　桜井 誠　1500円

新版 朝鮮カルタ　牛辺さとし　1200円

マスコミ堕落論　西村幸祐　1200円

余命三年時事日記ハンドブック
余命三年時事日記外患誘致罪
余命プロジェクトチーム　各1000円

大嫌韓時代
大嫌韓日記
日本第一党宣言
桜井 誠　各1200円

超嫌韓論　桜井 誠　山口敏太郎　1200円

テコンダー朴・テコンダー朴3　作／白正男 画／山戸大輔　1200円
テコンダー朴2　1000円

日本のために　井上太郎@kaminoishi　井上太郎　1500円

諜報機関
井上太郎最前線日記
豊洲利権と蓮舫
井上太郎　各1200円

日之丸街宣女子　作／岡田壱花 画／富田安紀子

ねずさんと語る古事記 壱
ねずさんと語る古事記・弐
ねずさんと語る古事記・参
小名木善行 各1400円

歴史

コミック
苺と骨 大東亜戦争秘話【完全版】
武野繁泰 1500円

ジェットパイロットが体験した超科学現象
佐藤 守 1600円

映すは君の若き面影
笹 幸恵 1600円

国のために潔く
久山忍 1400円

探訪 日本の名城【上】【下】
濱口和久 各1600円

倉山満が読み解く
太平記の時代 最強の日本人論・逞しい室町の人々
足利の時代 力と陰謀がすべての室町の人々
倉山 満 各1200円

古事記の宇宙
古事記の邪馬台国
竹内睦泰 各1200円

自衛隊の「犯罪」雫石事件の真相
大東亜戦争は昭和50年4月30日に終結した
佐藤 守 各1905円

ある駐米海軍武官の回想
寺井義守 (校訂)佐藤 守 1905円

戦闘機パイロットという人生
お国のために
佐藤 守 各1600円

帝国海軍の航跡 —父祖たちの証言—
久野 潤 1600円

三島由紀夫が生きた時代
村田春樹 1400円

天皇の国
矢作直樹 1200円

意を与えたうえ、成績調査の資料としていたのを、「注意簿」と改め、一般にこれを閲覧させ、他の者にも同一事故を再発させないように努め、これをもって本人の勤務成績調整の資料としないことに改め、以上について局長の承認を得、早速実行に移した。

やがて逓信課も大泊郵便局電信を認めるまでになり、毎月発行される樺太逓信公報での各局の電信事務成績発表では、常に無事故局として一位を占めるまでになる。勿論これは一人だけの力ではない、係全員が相手を理解して相互に協力を惜しまなかったおかげであり、大泊電信全員の喜びでもあり名誉でもあった。

翌十五年十二月二十五日、予て御不例の報が伝えられていた大正天皇は、全国民の平癒の祈りの甲斐もなく午前一時二十五分に遂に崩御され、国民は悲嘆の内に喪に服することになり、年号は「昭和」に改められた。

関東大震災の傷跡は、まだ完全には回復していない。人々は、政治や経済の行き詰まりもあって、大いなる不安の下に日々を送っていて、昭和二（一九二七）年の芥川龍之介の自殺は、この時代の象徴的な出来事であった。この年、日本初の地下鉄、上野・浅草線が開通した。やがて昭和三年（一九二八）六月に張作霖《ちょうさくりん》が爆死する。

このような情勢下ではあったが、私は変わらず仕事に励んだから、正に「仕事の鬼」であった。

北海道主要局見学

昭和三（一九二八）年六月五日、時の逓信課長から大泊郵便局長宛に内藤書記補を電信・電話事務見学のため、六月十二日から二十八日までの十七日間、室蘭、札幌、旭川、函館の各郵便局に出張を命ずる電報が届いた。

唐突であったので、局長に目的と要点を聞くと、「大泊局の電話方式が近く複式に変更されるので、現に複式を採用している主な局まで大泊の電話主事補及び電話事務員五名の女性を見学のために引率し、実習中の監督をするのが主な任務だ。しかし毎日傍にいる必要はないから、その間君に主要局を見学させるのだ」とのことであった。

私は局長に、電話係には立派な男子の責任者がいるのだから、その方が引率するのが本当ではないでしょうか」と辞退を申し出ると、逓信課長の特命だから遠慮しないでゆっくり見学してきたまえ、と意味ありげに笑いながら肩をポンとたたいて相手にしなかった。実のところ自分は未だ若輩なのでうら若い女性との付き合いは全く苦手であった。しかし上司からの命令であり、また北海道主要局の見学は「陥穽《かんせい》の蛙」の自分には見聞を広めるのに二度とない機会なので、謹んで受け、まず室蘭に直行した。

女性連中は主事補が二十四、五歳、その他は二十一歳くらいから、二十三歳くらいまでだが、勿論、未婚者ばかりなのでまるで修学旅行気分なのだろう。途中見るもの聞くもの皆珍しく嬉しくて「ぺちゃクチャ」喋り通しで気が遠くなりそうであった。

室蘭に着いてすぐ郵便局を訪ねたが、当時室蘭郵便局は局舎の改装中で仮局舎住まい、庶務課長に来意を告げると既に逓信課から依頼連絡があり、局長は目下病気入院中とのことで、庶務課長自身が完成していた鉄筋コンクリート建ての立派な電話分室まで案内してくれた。分室の担当主事は若い通信技手であったが立派な紳士で、すぐ当番の主事補に五名を紹介してくれた。

翌日は実習一日目なので定刻前に引率して、担当主事補に「よろしく」お願いし、実習者には「樺太の恥にならないよう真面目に実習するよう」言い残し、私は函館に向かった。

函館局には旧友がいたので、郵便局長はじめ電信課長など、関係主事に紹介してもらい、その夜は湯の川温泉で、懐旧談を楽しんだ。

札幌郵便局には義弟が逓信局総務部庶務課に勤務していたので、局長はじめ電信課、その他関係者と面談し、室蘭に戻った。

電話分室に顔を出すと、電話主事は「皆さんが非常にまじめで熱心に実習され、実務に就く自信は十分つきました」と報告してくれたので安心した。

そして電信課員一同がお別れの茶話会を開いてくれ、「同じ職場に働く北海道と樺太との電話事務に従事する者同士の交情を永久に保ちましょう」と誓い合っていた。そして庶務課長の配慮で、登別温泉郵便局長に連絡、思いがけなくも登別温泉で一泊することになり、ゆっくりと実習期間の汗を洗い落とした。

登別温泉からの帰途、ご褒美に、北海道の首都・札幌を見学させようと思い、大通公園、狸小路、中島遊園地などを時間の許す限り案内して回ったところ、皆大満足、大はしゃぎであったが、中島遊園地で「ボート漕ぎ」をさせられた私は、息が上がっていた。

残りは旭川郵便局の研修であった。私は何回か通過したことはあったが、旭川の市街地は不案内だった。六名全員で局長に面会し、所期の目的を達し予定通りにみんな元気で大泊に戻ることが出来た。

十七日間の出張中、彼女たちが大人しくついてきてくれたので、本当に肩の荷を下ろした思いだった。

しかしこの出張は、逓信課長と大泊局長が「仕事の鬼」である私に与える次の任務に備えた「息抜きの旅」だったようだ。

豊原郵便局に転勤

出張中の事務整理や復命書作成で、数日間は目が回るほどだったが、六月三十日の午後、逓信課長から豊原郵便局に転勤命令の電報が届き、次の辞令を交付された。

「通信書記補内藤芳之助。任樺太庁通信書記。給七級俸。昭和三年七月六日」

「豊原郵便局勤務ヲ命ズ」「豊原郵便局主事ヲ命ズ」

異例の抜擢《ばってき》だと祝福されたが、自分としては全く夢を見ているようで、実感が湧いてこない。しかし宮仕えの身であるからには辞令一枚で栄転であろうと左遷であろうと、命令には服従しなければならない。まず第一に、恩師松本無線局長に電話でお知らせして、お礼を申し上げると非常に喜んでおられた。

さて今度は転勤の問題だが、とにかく家族にこのことを知らせて引っ越しのことなどを相談しなければならない。いずれにせよ家族が揃って引っ越すことは困難だ。通知を受けた翌日に取り敢えず豊原局の逓信課長を訪問して、単身赴任する旨を伝えた。その時課長は、

「実は局の電信に面白からぬ問題が起きたので関係主事や主任を罷免した。他に一、二の主事の入れ替えも断行したので、その後任の人選については特に慎重に協議し、君を書記に昇格させた上で主事に任命して豊原に来てもらうことになったので、樺太ではまだ例を見ない二段跳びの抜擢だ。君の手腕と固い決意によって、問題の後始末をしてもらうことになったのだから、ご苦労だが、一つ勇断を持って君の思い通りに改革してくれたまえ」ときっぱりと言い切った。

実は樺太庁内務部逓信課長は局長が兼務することになっているのだが、事実上兼務は困難なので、課長が本務になってしまい、局長は上席者が代行するのが現状になっていた。そこで、局長代理と当日出勤していた各主事や主任などに挨拶回りをして、とりあえず大泊の自宅に戻った。

大陸が風雲急を告げ始めていた七月六日付で豊原局に初出勤したが、まず第一に驚いたことは、電信係員は主任以下、電報配達取締りに至るまで、その大半がどことなく落ち着きがなく、男女ともに覇気がなく、相互の友情が見られなかった事であった。

察するに、着任直前に起きた「ある問題」が原因で、直後に赴任した初対面の若い主事に対する不安と疑念があるためだな、と思われた。

それほどまでに前任者の主事や主任に対しての不信感が著しかったのだ。

主席主任から「問題の一端」を聞かされた。

それは「ある主事の風紀問題を知ったある電信主任が、その弱点に付け込み、これを利用して協力するかのごとく見せかけつつ、自己の栄進を目論み、志を同じくする仲間を引き寄せて徒党を組み、結局数派に分裂して統制が極度に乱れてしまった」ことであった。

その悪風がそのままになっているようで、着任早々の私に、過去の問題を告げて、接近しようとする者も数名いた。

「今は、勤務中だから、君は与えられた事務に専念してもらいたい。いずれ近いうちに機会を作って諸君の話を拝聴したいと思っている」とやんわりと断り、個人的接触は避けるように努めた。

それにしても「胡麻擂《ごます》り」が多いのに驚き、これは誰の責任か？　と深く考えさせられた。

そして従来残っていた主任五人を下宿に招いて、顔つなぎに一献差し出し「過去のことについては逓信課長から直接、子細にわたって聞いているので十分知っている。それで今改めて、前任者の過去のことには触れないようにしよう。問題は今後、如何にして豊原の電信を再建するかにある。浅学で未完成な私一人の力では、逆立ちしても出来ないことだ。そこで君ら五人の主任が、打って一丸となって至らぬ私を守り立て、六人の力で改善の実を挙げるよう頑張ろうではないか。何分の御援助をお願いする」と説き、「今後は五人の主任が完全に一致した意見であれば如何なることでも私の力の及ぶ限り、その目的達成に努力することを惜しまない。なお、公務に関する限り、個人的意見は残念ながら受け付けたくない。その点誤解のないようにお願いする。又私は、年齢の点は別にして、君らの兄になったつもりでいるので、個人的な悩み、例えば一身上の問題、家庭の悩み事など、なんでも打ち明けて相談していただきたい。お役に立つ立たぬは別にして、お互いに助け合うことにしましょう」と付け足した。

そして「さあ、硬い話はこれくらいにして、今日は大いに飲んでかくし芸でも、お国自慢でも出してくれたまえ。酒の方は皆豪傑だということは前から承知しているので、遠慮してもだめだ」と言うと、五人は如何にも安心し、且つ満足したような笑顔で目を輝かし、十時過ぎまで談笑して引き上げた。

正直に思ったのだが、毎日出勤する職場が「気が向かず、不愉快な所」であれば、どうしてやる気が出ようか？

出勤するのが「楽しい場所」であれば、家族も笑顔で送り出せるだろう。職場を明るくしてやろう！　そう私は考えた。

そして早速五人の団結である「主任会」を組織し、毎月一回の廻り当番で、各々の自宅を会場にして業務に関する意見の交換、又は発表、情報の披露などの他、懇親を主とした会合を持つこととした。

次に電信係全員の団結と、業務知識の向上を目的としたもので、主事・主任以外の係員だけの会を発足させた。

勿論会長その他の役員も係員の中から互選し、主事・主任は会合には出席するものの参与とする。

業務知識の向上には私が講義を担当して質疑にも応ずるという約束をしたのだが、当局にも、これまでこの種の会がいくつもあったが、要するに好き同士の集会、つまり「同好会的」なもので、三か月と継続した例《ためし》がない、とのことで、結成の指導に当たった主任一同も、これには相当重荷だったようだ。

しかし、「常に強制せずに、焦るな、まず五人でも十人でもよいから賛成者だけで発足させることだ。後は私が責任を持って育て上げるから、苦労だろうが協力してあげてほしい」と主任一同を慰めた。想像していた通り賛成者は、四十名ほどいる電信係員の三分の二程度の二十五、六名であった。

札幌・大泊間の電信回線変更問題

北海道・樺太間の海底線は三本、うち一本は稚内・海馬島・真岡まで、小樽・真岡線と他の二線は、稚内・大泊間で日露戦争後に敷設されたもので、一本は札幌・豊原線、あとの一本は札幌・大泊線であった。

ところがいずれも老朽線で故障が多く、その都度修理が出来るまで四、五か月以上は大泊と豊原で、残っている一線を、事案を決めて交互に一時間、あるいは二時間ずつ、交代で使用するので、電報が非常に遅れるのが年中行事になっていた。

それで樺太庁と逓信省との協議の結果、新たに海底線が増設されるまでの間は二線とも豊原に集中して、札幌一番線、同二番線として、時間交代の無駄をなくして効率化を図ることとされたが、奇しくもそれが、私が豊原局に転勤になった後に実現したのである。

ところがそれを知った地元大泊の商工会議所が反対して、樺太庁に以前通りに復するようにとの陳情書が来たらしい。ところがその頃逓信課には、豊原に集中することは豊原にも大泊にも、またその他の奥地の方にも、樺太のためには有利だということを数字で示す何物もなく、ただ、常識的な判断だけで決行したらしいので、逓信課長をはじめ規格関係の幹部が大慌てで、豊原局長代理に何か証明できるような統計資料がないかと知恵を借りに来た。

局長に呼ばれて、事情を聴かされたが、大泊局に勤務していた当時、何かの時の参考になるだろうと思い、毎月一回作成していた「発着局別電報所要時間調書」を数年分、更に豊原に集中後の調書、並びに最近までの分を示して「これをご覧になれば大泊でも従前よりも所要時間が短縮されて恩恵を受けていることが一目瞭然です」と資料全部を逓信課に提供した。

丁度その頃、逓信課長が上京することになっていたので、企画担当係長を伴い、早めに出発して大泊商工会議所会頭を訪ね、統計を示して詳細に説明したところ、先方は勿論遅れるだろうとの「想像」で軽率に陳情したのだから、返す言葉もなく取り下げてしまった。

後日そのことを局長から聞き、逓信課長も非常に喜んでいたので、少しはお役に立てて良かったと思うと同時に、役所もそうだが、商工会議所までもが、正確な資料に基づくことなく、噂だけを信じて漫然と感情的な行動をとるものだ、と呆れたものであった。

東京中央電信局見学

豊原局に転勤してきて早二か月が経った。その頃逓信課では豊原郵便局の自動通信に「クライン・シュミット」鍵盤鑽孔器を採用しようという計画が本決まりになったので、鍵盤鑽孔術見学のため、昭和三（一九二八）年九月十八日から十月三日までの十六日間、東京中央電信局に出張を命じられた。

逓信課からは技術方面の見学で、技手と技工の二名が出張するとのことで、一行は四名、種々の打ち合わせをし、宿舎は技工の親戚の家が上野駅付近にあると言うのでお願いして、二階の二室を拝借し、寝泊まりだけで食事は近所から出前を取ってもらうことになった。

こうして毎日、四人の樺太熊のような山出し者が、市内電車で五階建ての堂々たる中央郵便局に通勤することになった。

私は「鍵盤の運用、その他」なので五階の研修課に、他の三人は一階の技術課に分かれてそれぞれ実習に入った。

幸いにも三階の内国電報だけを扱う内信課に、大泊当時に一緒に勤務した栗山君がいたので、一時間の昼食休憩時間にはいつも二人で昔話をしながら、一皿十銭の「カレーライス」、たまには二十銭の特別料理を食べた。

当時の東京は、震災の跡が残りまだ復興していなかったので、上野駅は「バラック」建て、破壊された道路、家屋などは未だそのままで、震災の物凄さが偲ばれた。休日には四人揃って浅草や上野公園など、田舎者丸出しで四人連れの弥次喜多珍道中。誰か見えないなと思うと後ろの方で共同便所探しだ。田舎者が都会に出ると、これが大きい悩みの一つで、笑いごとではなかった。中央電信局に居る間に、一回だけちょっとした地震があった。一瞬、ハッとしたが局員たちは「またか」と言うような態度で平気なものだ。

又、実習期間中に、秩父宮殿下のご結婚式があり、節子様がお車で皇居に向かわれる様子を、中央局の五階の室内からちょっとだけ拝見した。

こうして予定の見学も、無事に終了し、局長に厚くお礼を申し上げて、それぞれ買い集めた土産物を取りまとめ特別大きな「段ボール」箱いっぱいに詰め込み、四人とも、帰りは都会人に成りすまして予定通り元気に樺太に帰還した。

豊原局に戻ると、鍵盤鑽孔を実施することになった逓信課から、東京の中央電信局長に有技者の斡旋を依頼していたらしく、上京中に若い青年が着任していた。

彼は独身らしかったが、月給八十五円という高給の通信事務員であった。ところが彼は数日たって、主任の所に「辞職願」を持参し、一身上の理由で退職して郷里に帰ると申し出たことを知った。

本人が豊原に着任してからの事情を知らないので、各主任を集めて彼の勤務状態、技量を聞いたところ、彼の技量は極めて未熟で、鍵盤は担当させられないので皆困っているとのこと。

実はそういわれると、東京中電で栗山君に会った時、「ある青年が豊原局に行ったが、彼の腕では仕事になるかな？」と語っていたことを思い出した。それで早速局長に彼の辞職願を提出して、事情を詳細に説明して受理してもらうことにした。

ところが後任者が問題だ。種々の情報を集めてみたところ、幸い大泊郵便局に勤務中の林田君が、かつて九州熊本郵便局電信課に勤務中、相当期間実務に就いていたことが判ったので、彼ならば人物は保証できる。早速、大泊局長にお願いして特に豊原郵便局に出向させてもらうことになった。

その時の本人の月給は七十円であったので、次の定期昇給で五円特別昇給させて本庁に報告した。

その報告が、逓信課を経由した際、逓信課の主務主任から五円の昇給は異例だから四月に訂正するように、と局長宛に注意の電話が来た。

それを聞いて、早速局長とともに、庶務主任の所に出かけ、逓信課の計らいで東京中央電信から来た前任者と、大泊局から来た林田君の経歴、技量、年配の点とを比較、説明して妥当な給料に是正するのが当然だと力説し、とうとう逓信課長の了解を得、局長と二人で安心して引き上げてきた。

電信主任連中は、その強引さに目を見張って驚いていたが、内心その意見には大賛成であったので、満足さと頼もしさを抑えきれぬ表情で「よかったですね」と喜んでくれた。

新局舎の建築準備

その頃、局舎の新築問題が実を結び、いよいよ昭和四（一九二九）年度早々から樺太庁直接監督のもとに着工することが本決まりとなったので、現仮局舎の二階を占めていた逓信課が、旧守備隊跡の赤煉瓦の建物に臨時移転し、その跡に電信と電話が仮に引っ越し、立ち退いた跡は新局舎用地の一部に活用されるとのことで、その準備や後始末、また七月には伏見宮博恭《ひろやす》王殿下が御来島なさるので新聞電報、その他が一時的に殺到して繁忙を極めるため、その対策などで宿直明けでも休養する事さえできない有様であった。

この頃の各主事の任務だが、豊原郵便局には郵便・電信・電話・為替貯金・庶務と、五人の主事が配置されていて、それぞれがその部門の最高責任者である。

そして庶務主事だけは非現業的な勤務で毎日出勤し、日曜、祝祭日は休み。他の主事は日勤だが、四人が四日に一回ずつ宿直をして、全般の監督指導・火気盗難などの警戒に当たり、宿直の翌日は日勤者に事務の申し送りを済ませたら家に帰って休養する定めになっている。

電信室が二階に移転してからの事であった。

私は根が神経質な方なので、当直の夜は他の主事のように午後十時を過ぎると寝台に入って休むようなことはとてもできなかった。

早くとも午前三時か三時半からちょっと仮眠するだけで、朝は五時半には起きて、六時から局内を一巡するようにしていた。午前二時半頃のことであった。

周囲が静まり返っていたので、二階の電信室の音響「サウンド」が豊原を連呼していることに気が付いた。

当直はどうしたのかな？　と思いながら二階に上がってみると、確かに豊原を呼んでいるのですぐに応答して一通の電報を受信した。

それは気象電報で、天候の変化を予報する警報であった。早速処理して階下の配達係に廻してそのまま席に帰ってきた。当直者はテーブルに寄り掛かって転寝《うたたね》していたが、用事は済んだのでそのまま休ませておいた。

翌朝、当直者が頭をかきながら「昨夜は申し訳ありません。以後は十分注意して再びあのようなことは繰り返しませんから、今回に限り寛大にお願いします」と詫びた。

「そう堅くなるな。眠い時は誰も同じだ。事故がなく済んだのだからよいではないか。只私がいないときは注意してくれたまえ」と肩を叩いで帰した。

そのことが本人の口から主任の耳に入ったらしく、「僕らが当直の日は、内藤主事に心配をかけないように、皆で注意しよう」と同志が誓い合ったということも付け加えて、主任が報告に来た時、なんと頼もしい連中だろうと、ほろりとさせられた。

別の日であった。これと同じようなことが交換室でも起きた。

午前三時ころは一番眠くなる時間なので、例の通り静かに二階の電話交換室前の廊下を通りかかると、交換台についている五、六人の女子電話交換手がサッと緊張して台に向き直った様子であった。

仕事とはいえ、可哀想なものだ、と思いながら室内に入っていくと、監督者の主事補がお茶を出してくれた。

そこで「私は君たちを監視するために上って来るのではない。ご苦労だなあと思うのでせめて私がここにいる時間、五分でも十分でもよいから遠慮しないで一寸でも仮眠しなさい。眠いのは苦しいものだ。その代わり、私がいないときは事故を起こさないように主事補に協力してあげて下さいね」と言い聞かせた。

松本局長から英語を習っていた時、夜勤明けで居眠りして、恩師から受けた温情体験など、しばし面白い世間話を聞かせて「頼みますよ」と今度は電信室に足を向けた。

気にかかっていた電信係の団結についての会は、まだ結成の運びまで進んでいないという主任一同の意見だったので、一応現在までの賛同者二十七、八名で結構だから、年が改まって昭和四（一九二九）年の一月に、創立総会を開けるように協力をお願いした。又、会の名称その他一切は多数決で決めるように指導した結果、名称は「豊原郵便局電信係同心会」と決まった。

同心会の名称は東京中央電信局に同心会という会があるから、幸先の良いようにとの一会員の発案に全員一致で賛成したとのこと。

会長は無記名投票の結果、事務員中の最年長者であるが、人望がない石川君が当選した。後刻主任一同から「石川君はご覧の通りの人間で、これは不真面目な者達の煽動で、悪戯半分で投票した結果に相違ない。困ったものです」との話が出たが、「総意で当選したのだから、結構ではないか。誰が会長になっても君らが援助してやらなければ運営は容易ではないのだ。そのつもりで皆が投票してくれた彼を立派な会長にしてあげたならば、彼は無能者ではなくなるし、投票した者も悪戯半分でやったことではなくなり、双方のためになるではないか」と笑い流し、「よし私も責任を持って明年一月の一周年までには、全員が会に飛び込んでくるように力を入れて石川君にも立派に任期を全うしてもらえるようにしよう」と語り、結成されると同時に、毎月一回同心会主催で事務研究会を開くことになった。

会場には宿直室を充て、各主任の出席を求め、電信法規の勉強、事務改善についての各自の意見発表、質疑応答など、細かい問題でもどしどし出すように勧め、また法規類の解説及び疑問に対する回答は私が担当し、即答できない問題は豊原郵便局名で逓信課の指示を受けて、その結果を発表することを約束し、会員ではない人々の出席も歓迎した。

又、清遊会、慰労会などもすべて同心会に主催させ、必ず各主任は勿論、会員以外の係員も含む全員の参加を認めることにした。

そのためには勿論会員だけの会費では賄えないので、自分の責任において幾何《いくばく》かの経費を捻出して、会員に迷惑をかけないように後始末をしてやった。

とんだとばっちり

同心会創立の直後、ちょうど宿直明けの時だった。

六時半頃に内地便が到着するが、特に歳末贈答の小包便が非常に多い見込みだ。郵便係は連続勤務の状態で、殊に人員が少ないので疲労しきっている。

それに比し電話係は大晦日までは戦場のような多忙さであったが、元日から急に暇になったので、支障のない者は郵便係の応援に出てもらいたいと主任を通じて非番者に呼びかけをしておいたところ、皆快く応援に来てくれた。為替や庶務の人々も同様であった。

それで郵便主事の岸本君を総指揮官として、それぞれ手分けして応援者は年賀郵便の区分に着手した。電信からの応援は約三十名で一番多い。病身の井上局長も午後八時に顔を出した。

その時、上席主事の顔だけ見えなかったので、局長が不快そうにキョロキョロしているのが目についた。

上席主事のことだな、と直感したので、小使いを走らせて呼びにやった。主事は要領のいい男なので、前から来ていたように装い、皆の中に入って区分を始めた。ところがここに予想もしていない「とばっちり」で大問題が突発してしまった。

午後八時から夜食が出ることになっていたので、一回目の出前三十名分が届いたが、岸本郵便主事から「郵便の方は仕事の都合で次の分にするから先に電信の方で食べてくれ」との連絡があったので、電信係から応援者にそのことを伝えて丼物を食べさせようと配ってしまったところに、局長が甲高い声で「内藤君、郵便の連中が皆食事もしないで働いているのに、応援者の自分の部下に先に食べさせるとは何事か、主客転倒している。止めさせたまえ」と大喝一声。電信係の応援者は一斉に箸を置いて「さっ」と立ち上がってしまった。

電信係員は職業柄神経質なものが多い。さあ、この後はどうなる事か計り知れない。

私は「なにっ！」と反発的に局長の傍に走り寄るなり、「何を言うか」と食って掛かった。

そして局長に向かって「岸本主事が仕事の都合で一寸後にしたいので、冷えないうちに先に電信係に食べさせてくれ、と言ってきたので指図通りにしたが、どうして悪いのですか？」と言った後、電信からの応援者に向かって、「早く丼飯を食べて腹ごしらえをして頑張ってくれたまえ。後のことは私が一切責任を負うから心配しないでくれ」と慰めると、主任が「わかりました。みんな早く食べてやろうぜ」と食事を済ませて再び区分けに掛かったから、私もそのまま区分けを続けた。最後の丼が来た頃は、局長も冷静になっていたので、主事一同と食事を共にした後、局長は「気分が悪いから」と深夜零時頃に帰宅した。

雨降って地固まる

その後、主事連中は仕事が済んでからも帰らないで、朝の三時ころまで雑談していると「内藤君の短気には驚いた。しかし、今日は完全に局長の方の負けだ」と言ったが、そんなお世辞はどうでもよかった。

要領のいい主事に向かって「人の上に立つような人間は、陰ひなたのない行動をとりたまえ」と言ってやりたかった。

その後、仕事が一段落して帰宅する時、電信の連中は皆「ご心配をかけてすみませんでした」と言ってくれたことに涙が出そうだったから、強いて笑いながら「済んだことにこだわるなよ。それより皆、折角の休みの日に呼び出してすまなかったね。帰ってゆっくり休むように」と慰めて帰宅させた。

翌日、局長は欠勤した。体調が悪いらしい。日曜日であったので、午後四時過ぎに局長の官舎に立ち寄ってみた。

玄関で声をかけると、夫人が出てきたので、局長の様子を尋ねていると、奥の方から「内藤君、上がれよ」と元気な局長の声がした。

安心して寝室に入って行って、

「昨夜局長があまり大きな声を出したので、驚いて病気になったのかと思って心配してお見舞いに来たのですよ」と笑いながら言うと、局長も笑いながら、「君の短気には驚いたよ。僕と同じだ。しかし短気者は後がなくて気持ちが清々するな」と骨相を崩して笑った。

あまり上機嫌なのでつい、小一時間ほど談笑して、さっぱりした気分で暇《いとま》した。

それ以来、局長は「電信事務に関しては一切一任するから君の思い通りにやって結果だけを知らせてくれたまえ」と言って、局長の認印を預けてくれるようになった。

電信係には、電報原書という、一日中に取り扱った千通以上もある大量の電報の写しがある。

局長はそれを一通ごとに見て、検閲印を押すだけでも一時間以上もかかる仕事だ。その他にも局長の承認印を必要とする書類が沢山ある。それを私が代わって見ることになったので、非常に責任が重い仕事が多くなってしまったが、局長の健康がすぐれないので、蔭のお手伝いをし、そのうち特に重要なことに関しては事前に口頭、又は事務日誌に明記して報告することとした。

さて同心会の方は創立後約一年、入会を拒んでいた連中が、ぽつぽつと席にやってきて頭を掻きながら「実は入会したいのでよろしく」と申し出る者が現れ出し、その都度喜んで会長に取り次いでやり、昭和四（一九二九）年の年末までにとうとう電信課員全員が会員になってしまった。

そして翌昭和五（一九三〇）年一月三日に目出度く創立一周年記念総会を開催し、みんな笑顔で記念撮影に加わった。

豊原郵便局電信担当主事となって一年有余、麻のように乱れていたと言われた電信にもやっと平和な新年が訪れ、かつて逓信課長に誓った言葉が真実となって嬉しかった。

年度末になって、思いがけなくも逓信課長から、三月二十九日から三十一日まで、知取郵便局の状況を視察して来るようにと特命が出た。

こんなことは全く異例なことなので、他の主事は羨望のまなざしで見ているが、丁度その頃、北海道島牧郡歌島から実父が死亡したとの電報が来ていた。数え年八十六だったという。良い父だったが、何一つ喜ばせてあげるような孝行も出来なかったと残念に思い、自分だけ喪に服し、親子の縁の極めて薄かった父の冥福を祈った。

飼鹿を出て渡樺した時の予感通り、二度と実父に会う事は出来なかったのである。勿論局長

復興後の知取町の全景

は私の不幸を知る由もない。

今度の出張命令も、局長が慰労してやりたいという親心で、逓信課長に内々でお願いしてくれたものだと察知した。

好意に深く感謝し、あの大火災後六年ぶりに、復興支援要員に加わって活動した知取郵便局と、市街の復興ぶりを目の当たりにし、今昔の感に打たれたのであった。

ところでその後も局長は、健康は優れず時々欠勤していたが、市内の病院に入院して、退官の腹を決めたらしい。官舎を引き払って病院の十畳ほどの大きな和室に、夫人と二人で仮住まいしていた。見舞いに行って種々慰めていると、局長は、

「実は正月、君に八つ当たりしたがあれはサボっていた主事に言ってやりたくてむかむかしていたのだ。君には済まなかったと思っている」と涙をためて述懐した。そして「逓信課長が君を、事業計画を立てる規格係に欲しいと何回も要望されていたが、君を手放すのは心細くて返事を引

き延ばしている。君が希望するなら、僕の退職前に逓信課に転勤することを承諾してもいいが……」と言った。

「ご厚意はありがたいが……」と謝して辞退した。

人事はコソコソと行うものではないと私は固く信じていたからである。

それから数日後、局長は「兼任樺太庁事務官（高等官）」に昇進して退官発令、後任の豊原郵便局長には〝恩師〟松本光廣大泊無線局長が発令された。

新局長は即日、関係部門に挨拶を兼ねて打ち合わせに来たので、早速案内して、本庁や逓信課内の挨拶を一通り済ませた。

大泊電信局で非常にお世話になり、心酔していた松本局長が直属上司として豊原局に着任したのである。私は心が浮き立つ思いであった。

それは着任と同時に、局内の空気が明るくなり、急に活気づいたことにも表れていた。新局長の気心は十二分に承知しているので、何の遠慮もこだわりもなく、腹の中を打ち明けて話が出来るので、非常に気が楽で張り合いがあった。

しかも私は、尊敬する松本局長から学んだことを、知らず知らずの間に自分の職場で実践していることに気が付いていたからである。

樺太共産党事件

松本局長が着任して数日後のある宿直明けの午前四時半ころ、電信室内に一大事件が突発した。

宿直中だった私は、表通りが何だか騒がしいので、まだ早いとは思ったがベッドを離れて二階の電信室に上がって行くと、大通りは車の往来が激しい。

係員二、三人と一緒に窓から覗いて見たが、火事ではない。

間もなく樺太日日新聞の号外の声がした。何事かと係が表に飛び出て一枚拾ってきたのを見ると、「樺太共産党員一網打尽」という見出しだ。

この頃朝鮮では、中国と国境を接する間島《かんとう》で、朝鮮人の反日武装グループによる暴動が起き、台湾では、内地人二百人余が惨殺される霧社《むしゃ》事件が起き、国内でも十一月に、東京駅で濱口雄《はまぐちお》幸《さち》首相が狙撃され、重傷を負う事件が起きていた。

治安が乱れていることに、国家機関が神経を使っている事は薄々耳に入っていたので「とうとうやったな」とその号外に目を通しているところに、洋服姿の紳士が二人、ズカズカと電信室に入ってきて、「責任者に会いたい」と名刺を出した。

「私が責任者です」と名刺を渡し、もらった名刺を見ると、ひとりは「樺太地方裁判所長○

○」、もう一人は「札幌検事局思想検事○○」とある。

私は「今朝の事件関係だな」と直感したので、冷静な態度で要件を問うと「電報を見せてくれ」と言う。

理由を問うと「逓信課長に電話してあるから、君は電報を見せればよいのだ」と高圧的である。

「私は局長が出勤するまでは、当局の全責任を持っている当直主事です。あなたは裁判官として勿論ご承知のはずですが、他人の電報は電信法の定めによって、裁判官であっても理由なしに提示することはできません。今すぐに局長を電話で呼びますので、失礼ですが十分間ほどお待ち下さい」と局長室に案内した。官舎が近いので局長にはすぐ連絡がついた。

二人の来訪は予想通り「共産党事件」に関連していた。電信係主任も皆駆けつけて来た。間もなく局長が来て二、三話をしていたが、「昨日から今朝までの電報原書（控）を持ってきてくれ」と言う。

大きな保管箱に入っている中から、主任が手分けして一日分約二千通を持ってきた。

私は裁判所長に「ご覧の通り沢山ありますので、宛先と受付人名を話して下されば、すぐに調べて差し上げます」と慇懃《いんぎん》無礼に言うと、先方は局員の中にも党員がいると睨んでいるらしかった。あるいは私自身も臭いと思っているのかもしれない。

「出しゃばるな」というような態度で、「いや宜しいから貸してくれ」と言うので聊《いささ》か頭にきた。

それで札幌線の自動通信で受け付けた、モールス符号のままの「テープ」を切って貼り付けた貼付《ちょうふ》台紙二、三百通をまず机の上に積み重ねて、「どうぞ」と言った。

すると「これが電報か！」と反問したので、「そうです。これが内地から送られてきた電報の原文です。受信人に配達するのはカナ文字に翻訳して配達するので、こちらは局に証拠書類として保管してある分です。これではお分かりにならないだろうと思って、私が調べましょうと申し上げたのでしたが」と言うと、初めて「君、国家のためだから協力してくれたまえ」と内容を話してくれた。

結局そんな電報は見当たらなかったので、裁判官は「ネズミ一匹」も探し出せず骨折り損で、局長に「大変ご迷惑をかけました」と挨拶し礼を述べて立ち去った。

二人が帰った後で局長は、「内藤君、なかなかやるな〜」といかにも痛快であったと言いたそうな笑顔で「裁判長は、あなたは良い部下を持っておりますね、と褒めていったぜ、わっはっは」と例の調子で大声で笑って一応官舎に引き上げた。私はとんだ共産党員捕り物劇に巻き込まれたものだ……、と思った……。

新築なった豊原郵便局

新局舎の工事も着々と進行し、昭和六（一九三一）年度から引っ越すことになった。電信室は正面玄関の真上でとても素晴らしい部屋であった。

窓際の一段高いところに主事席があって、両側は主任席と監査台。電信機械類その他は全部新品を据え付け済みで一斉に切り替えるだけで移転が完了するという段取りだ。

二階は局長室、電信係休憩室、電信室、短波長無線電信室、その他は全部内務部逓信課で、課長室のほか、監督、電気、規格、会計、簡易保険、庶務は課長室の隣、あとは工務室その他を相当の余裕を設けてとってある。

又一階は、郵便、為替貯金、保険の他電信の受付、配達、市外電話交換室、守衛室などが主なもので、電動室なども完備し、特に変わっていたのは冬の通勤者のために、「スキー置き場」兼下駄箱のようなものまであった。

新局舎に移転して間もなくのことであったが、北海道方面が暴風雨のために陸上通信線路に大被害が出た。

札幌・樺太間の回線が全部不通になり、電報が山積するばかりで処理の仕様がない。

緊急対策について局長に相談を持ちかけると、局長はしばらく考えていたが、短波無線が完成したので試験通信ということで札幌に交渉してみようと、局長自ら札幌無線を呼び出した。

勿論札幌でも困っていた矢先なので、至急電報、気象電報、官報の総括である高等信だけに限定して送受を始めることに問題なく話がついた。

そこで私が責任者として、豊原短波無線の処女通信を開始すべく、一回目のキーを握った。

考えてみると、大泊郵便局にいた当時は、別に何という目的もなく無線通信士の資格を取得しておいたことが今役に立った。たゆみない努力のお蔭だとしみじみ思った。

第五部　樺太庁内務部逓信課勤務に発令

逓信課規格係

昭和六（一九三一）年六月、前局長が退官時に話していた逓信課入り問題が、本格的に動いて逓信課長から松本局長に直接相談があったらしく、松本局長が私を呼び、

「今日突然逓信課長から君を逓信課に欲しいと言われた。ポストは規格の郵務主任と言うから規格係長の希望らしいが、僕としては手放したくない。これが僕の本心だ。しかし人は他から望まれる時が花だ。君自身の将来のために喜んでその希望通りに飛び込んで、期待に応えるのが本当だと思う。僕もいつまでも豊原郵便局長をしていられるか先のことは分からん。いずれは鹿児島に引き上げたいとも思っている。人間は潮時を捕らえることが肝心だ。君の決意によって課長には『イエス、ノー』の返事をしようと思うが」と言った。

私は局長の温情に涙が止まらなかった。そして「局長が豊原におられる限り、お傍でお手助けをしたいと思っておりますが、宮仕えの身ではわがままも言えません。どちらでも局長に一任いたします」と答えた。

局長は「それでは君の将来のため、涙を呑んで逓信課に割愛することに決めよう」と言ったが、話は急進して「逓信書記・内藤芳之助＝内務部逓信課勤務ヲ命ズ＝昭和六年六月十六日＝樺太庁」という辞令が届いた。

樺太庁庁舎・警察部、鉄道課。逓信課は別棟

豊原郵便局在勤三年、しかも新局舎に移ってからは一年足らずの短い期間ではあったが、電信係主任をはじめ、係員全員が協力してくれたおかげで、課長の期待通りの平穏な、そして活気に満ちた豊原局電信とすることが出来、そして今また同じ課長のお膝元に勤めさせてもらえるとはあまりにも幸運すぎると感じた。

そして同時に、私もいつの間にか三十二歳になっていたことに気が付いた。

この間、仕事仕事で夢中になり、年老いた養父母の世話をすることも稀であったことにも気が付いた。なかなか宮仕えと家庭との両立は難しいものだ。

さて、逓信課に転勤と言っても、同じ建物内のしかも同じ二階なので、部屋が変わるだけだから、異動は簡単で私物を一寸持って定められた席に引っ越すだけだ。

係の人たちとも皆顔を合わせているので「どうぞよろしく」だけでよい。そしてまず、係長から担当業務である「郵務」の説明を受けた。

当時、逓信省と樺太庁との間には特別の協定があって、樺太庁管内の通信事業に関しては、日露戦争終結後に軍政が敷かれており、占領後十年ほどを経て、樺太庁にこれを移管し、逓信省の諸法令に準じて、長官の権限で特別会計で賄う事とされていた。つまり、逓信課の仕事は「逓信省」と逓信局の仕事の一部を扱うので、逓信課長が長官の名において、業務を執行する。

「郵務」とはそのうちの郵便関係の諸事業計画である。これを具体的に説明すれば、一、郵便局新設、改廃、その経費の決定。二、郵便物逓送線路、郵便物の集配とその区域の設定。三、普通局の郵便関係定員の調査決定。四、郵便関係諸規定に対しての特例制定。五、逓信受負(請負)命令及び樺太庁命令航路に対する郵便物輸送補助費支出、というようなもので、毎年六月中旬に行われる翌年度の事業計画を立てる予算編成期までに、いろいろの資料調査、その取決め、計画案の作成、それに対する予算額計算などをしなければならない。

その他平常の仕事としては、一年に夏と冬の二回、定期的に郵便物の逓送、集配時間の変更計画。冬の期間は船便が激減するので、小包郵便などを陸送するために、冬季臨時逓送便の開設。年賀郵便物特別取扱いについての諸計画。冬季間、十二月から翌年三月までは結氷のために郵送が止まるので、逓信省からの依頼によって、北樺太、ウラジオストック、アレキサンドルなどを往復する郵便物は、間宮海峡を馬橇で逓送するため、国境線である北緯五〇度線上で、日ソ相互間で交換する「日ソ間外国郵便」逓送開設計画、等があった。

更に突発的な事業計画、調査、災害による郵便物逓送上の応急措置、指令などがいつも絶え間なく、次々と起きるので相当多忙な係である。

これ等の仕事を「逓送」「集配」「局舎」などに分配し、当時は六名しか配置されていなかったが、その全部について総括取締りをする立場についたのである。

満三十二歳になったばかりの私にとっては大役で、大正九（一九二〇）年三月、大泊郵便局に勤務して以来十年ほどの間は、電信畑専門で育った私は聊か戸惑った。

しかし郷里永豊郵便局での七年間の経験を生かし、「足らざるは、関係法規と首っ引き」で基本の勉強をし、また係長の指導や係員の助言などを参考にして、夢中で仕事に取り組んだ。

これ等の仕事を円滑に運ぶには各局から定期的に届く報告書の外に、自分もその地域に精通しておかねばならない。

それで係員は時期的にも事務の閑散期には、それぞれ手分けをして各地に状況調査のため出張するのが例になっている。

又、年に二回の列車時刻変更時期には、発表前に鉄道事務所と連絡を密にして、列車時刻の改正と同時に逓送、集配時刻も改訂して、実施に差し支えないよう、関係局全部に対して指令しなければならない。

その時期になると、直接関係者三、四人が昼夜兼行で、日曜、祭日などに当たった時は、皆で自宅に集まり逓信ダイヤの編成に没頭する有様だから、家族は食事、その他の接待で、公務が家庭にまで食い込んでしまうのはやむを得ず、まさに「滅私奉公」であった。

仕事はそれでもいいが、逓信請負や航路補助、特定郵便局の経費算定などを担当しているので、このポストは関係者からの「誘惑」が多いとの噂を聞いた時には非常に不愉快だった。幸い自分は酒を飲まないので、常に自分の良心に恥じない仕事を心がけていたが、自戒も怠らなかった。

この間に私が手掛けた仕事には次のようなものがあった。

敷香郵便局に電信事務応援のため出張

ようやく仕事を理解したころ、突然敷香まで出張命令が出た。それは前逓信課長が退官して、特定郵便局である敷香郵便局長になったのだが、それと同時に、閑院宮《かんいんのみや》載仁《ことひと》親王殿下（陸軍元帥）が樺太に行啓遊ばされ、敷香まで玉歩を延ばされるので、新任早々の敷香郵便局長が、新聞電報などが激増するのを見込んで、特に私を名指しで要請したものであった。

そこで昭和六（一九三一）年七月十六日から十九日までの間、電信事務応援のため出張した。敷香では、殿下の宿舎に指定されている「山形屋旅館」が敷香郵便局長の下宿先でもあったので、局長と同室に泊まることになった。

幌内川に浮かぶオロッコ人の丸木舟

翌日、局長は殿下奉迎のため、モーニングを準備しながら、子供のようにニコニコして勲章を出して見せてくれた。

殿下は、幌内川を船で現地人（オロッコ人）部落「オダスノモリ」に渡られ、酋長「ウイノクロフ」氏と和やかに歓談された。

その後酋長がトナカイを引いてきたので、殿下は侍従に「乗ってごらん」と言われた。侍従が恐る恐る手を伸ばすと、トナカイはピョコンとお辞儀をしたので、侍従は驚いて飛び上がった。その姿があまりにも滑稽だったので、殿下は八字髭を揺らして呵々《かか》大笑される。

おそばの者達もどっと笑いだしたのでその場は和やかな雰囲気になった。

その後殿下は、現地人の丸木舟競争を興味深げに御覧になり、侍従を通じて、酋長に献上品のトナカイの皮のお礼を申された。

私は電報が気になったので、一足先に局に帰ってみると、長文の新聞電報その他が、百通ほど送信するばかりになっていたので、早速ワイシャツ一枚になって、昔取った杵柄《きねづか》とばかりに、堰を切った水のように高速度で送信し、瞬く間に処理してしまった。

敷香の局員達は、こんなに沢山の新聞電報を見たのは、恐らく初めてだったろう。皆目を見張っていた。

局長も気がかりだったのだろう。早めに局に戻ってきたが電報がすべて送信済みだったのを知って、安心した。

局長の厚意で思いがけなくも殿下のお供が出来たばかりか、オロッコ人部落も見学出来たので、心からお礼申し上げて豊原に戻った。

大いに面目を施して敷香から帰って間もない七月二十七日に、今度は郵務主任となって初めての仕事で、西海岸の野田郵便局管内を一巡して、三日間にわたって配達区域の拡張計画の調査を命じられた。

「出張」は、出張から戻って一週間以内に上司に意見を附して復命し、実施に移すものはすぐに計画を立てて通達しなければならないので後始末が大変だ。

そして十二月二十七日から翌年の一月五日までは同じく西海岸・久春内から恵須取《えすとる》郵便局ま

での年末年始事務監査のために出張したが、これまた郵務としての大仕事の始めである。この仕事の責任者は、ほとんど年末から正月にかけて必ず出張するので、家族と共に晦日そばを食べながら除夜の鐘を聞いて元日を迎えるという、落ち着いた時を与えられない。勿論、監査を受ける方もそうである。

これが自分に課せられた任務だ、と思えば当然のことだと割り切れるが、前世から定められた運命だと思えば不幸な宿命と言うべきかもしれない。

しかしこの当時は〝前者〟で満足していた。

こうして仕事に追われ夢中になっている間に、郷里から「八十三歳だった実母が他界した」との電報を受けた。昨年は実父を失い、今また母を失った私は、この世に生を受けて三十三年、とうとう実の両親を失ってしまった悲しさに悄然となった。

思えば縁の薄い親子であった、と改めて両親の冥福を祈るのみであった……。

恩師・松本豊原郵便局長の退官と結婚話

昭和七（一九三二）年三月、満州国皇帝に溥儀《ふぎ》が即位し、斎藤内閣が満州国を承認したその日に、恩師と仰いだ松本局長が「兼任樺太庁事務官」に昇進して退官、郷里の鹿児島に引きあげることになった。

約十年の間、自分を実の弟だと称して可愛がり、語学を始め、ご自分の体験を通じて官吏としての心構えについて、何かとお諭し下さった大恩人の退官を聞いて、私の心にはぽっかりと穴が開いたような気がした。

「何の御恩返しも出来なかった……、大きな指針を失った……」と悲しみがこみ上げてきたのである。

悲しみを抱えながらも、事務に不慣れなためもあって、無駄骨を折ることが多く、相変わらず多忙な毎日を過ごしていた。

この頃日本は、昭和六（一九三一）年九月に満州事変が勃発し、この年には五・一五事件が起きるなど、泥沼の動乱時代へと突入しつつあった。

不穏な気配が漂う昭和七（一九三二）年も暮れになり、年末から八年元日まで、一泊で大泊郵便局の年末年始事務の状況視察を命じられ、懐かしい大泊随一の「北海屋ホテル」に宿を取った。

大泊局は四年ぶりの里帰りで局長をはじめ幹部の顔ぶれはだいぶ代わっていたが、元旦早々、局の正面玄関で全局員が記念撮影をした。

大正九（一九二〇）年当時の新参事務員が、課長や局長と肩を並べて写真撮影するようになったと思うと感無量だった。

しかし不幸は続くもので、養父が体調を壊し喘息で寝込むことが多くなっていた。妹も、気候のせいで何度か体調を崩したので、札幌の親戚方で二か月ほど静養して帰宅したところであったが、その後良縁に恵まれ札幌に嫁入りして豊原を去っていた。年老いた養母だけでは養父の介護もおぼつかない。そこで近在の局長を通じて女中を世話して貰うことにしたのだが、これもみんな自分が役所の仕事のみに没頭して家庭を顧みなかったことが大きな原因だ、誠に申し訳ないと自責の念に駆られるようになった。

しかしこのことが、逆にますます複雑化してくる仕事に精魂を打ち込ませる結果を招いた気がした。仕事に〝逃げた〟のである。

養父は、持病の喘息が悪化し始め、衰弱が目立ってきた。そこで、出張中の「万一の事態」を考えて、大阪に住む従兄に養父の病状を知らせ、指導を仰ぐことにした。すると従兄は、暑中休暇中であった従姉妹二人をはるばる樺太まで、叔父の病気見舞いに寄こしたのである。

子供の頃から養父に、親族一同に年賀状を書かせられていたから、私は二人とは文通を続けていたし、姉の華子には会ったことはなかったが、妹の方には昭和三（一九二八）年に東京に出張した時に、たまたま東京の高等女学校に在学していたので一度だけだが会ったことがあったから、案外気安く打ち解けることが出来た。

養父は非常に喜んで病床を抜け出しては二人を相手に毎日嬉しそうに話し合っていた。従姉妹たちが十日間ほど豊原に滞在している間に、私も暇を見つけては各所を見物に案内したので、二人も満足だったらしい。「また来年も遊びに来ますから」と二人は喜んでくれた。そのせいあってか養父は、見違えるように元気づいて次第に快方に向かいだした。肉親がそばにいない養父としては、はるばる大阪から見舞いに来てくれた姪っ子達を見て、改めて血族の情愛が身に染みたのだろう。私は相談して本当に良かったと大阪の従兄に感謝した。

養父は、姪っ子達が帰るときには涙を流して「叔父の所に来てくれ」と頼んだようだ。そしてその後「お前とは戸籍上は従姉妹同士になるが、血縁関係はない。父の代理として私の甥にあたる茂雄兄にそのことについて了解をつけに行ってくるように」と言ったが、私は相変わらず「仕事の鬼」で、連日役所の仕事に打ち込んでいた。

しかし今回の家庭の問題と、大阪から来た従姉妹たちに接した結果、仕事に対しても複雑な感情が芽生えつつあったのも事実であった。

「また来年も遊びに来ますから」と従姉妹達に言われて、今まで体験したことがなかった胸の高鳴りを感じた。が、「年老いて病の身である養父を抱え、その上年老いた養母にその介護を任せることはできない。自分も仕事、仕事で青春時代を過ごしてきてしまっている。そんな複雑な家庭に飛び込んで来てくれるような女性は今どきいるとは思えない。

悩んだ挙句、「意を決して」翌年の昭和九（一九三四）年八月に、十日間の休暇を取って大阪の従兄・茂雄兄に会いに行く決心をした。

「縁は異な物」とはよく言ったもので、これが私の運命的な出会いになった。

茂雄兄は、その頃大阪の阪神沿線の塚口付近に、親子三人の新世帯を持ち、建築設計家として安定した生活をしていた。

すぐ下の妹・華子は、大阪女子高等医学専門学校の舎監、兼生徒監をしていたが、暑中休暇で茂雄兄の所に帰って来ていた。

従兄は、初めて会った私に非常な親しみを持ってくれ、京阪神を始め奈良、近江、宝塚等を案内してくれ、甲子園の全国中学校野球大会にも連れて行ってくれた。また、大津には茂雄兄の直ぐ上の成一兄がいたので、華子の案内で初対面して、勢田の唐橋の料亭で夕食を御馳走になり、翌日は三人で琵琶湖を一周し、謡曲にある竹生島その他を見物させて貰い、一生忘れる事の出来ない楽しい思い出となった。

帰樺する直前、茂雄兄に「華子の事についての父のお願い」を伝え、自分からも「誠に厚かましいが」と、本心を述べてお願いすると、従兄は「妹の話では、豊原の叔父さんは姉でも妹でもどちらでも良いと言っておられたが、そんな信念のない頼みようがあるものか、と二人とも不満であったぞ」と笑いながら語る。

そして「よく分かった。しかし、僕自身では決められないから、華子の意志を確かめた上で返事をするから」との事であった。

その後長い間返事がなかったので、気掛かりになった私が茂雄兄にその後の経過を尋ねると、樺太のような遠い、極寒の地に妹を手放す事が心配で悩んでいた様子で無理からぬ事だと思った。

結婚話に目立った進展がないことを気にしつつも、相変わらずひたすら仕事に精励する日が続いた。

西海岸茶々部落へ地況調査

昭和八（一九三三）年五月初め、「恵須取」奥地にある「茶々《ちゃちゃ》」部落が「上恵須取」植民地として、新たに集団移民計画が発表されたのに伴って、特定郵便局を新設することになり、「恵須取」郵便局長代理の堀田氏の案内で、茶々部落一帯の恵須取局配達区域内の地況調査に出かけた。

全く地理不案内なので、温厚且つ健康な好青年である堀田局長の意見通りに、恵須取から東へ、茶々までの近道という約三十キロの一面の雪山を横断して直行することに決めた。

樺太の西樺太山脈は、樺太島の西部を南北に約千キロも続く標高千メートル近い山脈で「樺太の背骨」と呼ばれる。

主な山には、野田寒岳《のださむたけ》（標高千二十七）、釜伏山《かまぶし》（標高千八十七）、幌登岳《ほろと》（標高千二百五十九）があるが最高峰は敷香岳《しすか》（標高千三百七十五）である。

横断するので頂上は極めないにしても、この山脈を横断するのは楽ではない。二人とも健康に自信があったからそれを択んだのだが、大きな握り飯を二個ずつ昼食の弁当として各自持参する約束だった。

登山するのだから、四個くらいの弁当は自分が持つと彼が言って取り上げた。私も「大したことでもない」と思って、彼の言うなりにさせ、自分は植民地地図類を入れた鞄を片手に下げ、長い棒を杖代わりにして彼の後ろについて、険しい雪山を一路、茶々の方に向かった。

樺太奥地のしかも山の中は、五月初めとはいっても全山雪に包まれ、倒木が散乱しているし、巻脚絆《まききゃはん》に地下足袋という出で立ちなので、木の枝に引っ掛かるやら滑るやらで思うように足が運べない。

数時間歩いてやっと予定の半分ほどの分水嶺まで上った。幸い天気は上々、汗が出るほどだ。見晴らしの良い処で景色を眺めながら飯にしようと、弁当箱を開こうとして「アッ大変だ」と彼が叫んだ。

あまりにも悪路の山道だったので、握り飯の包みをぶらぶら振りながら歩いているうちに四個のうちの三個まで、握り飯を落としてしまったのだ。

彼は「僕はまだ腹が空いていないから、一つで申し訳ありませんが、内藤さんどうぞ」と虎の子よりも大事な、ただ一個残った握り飯を私に差し出した。

「君の方が若いのだから空腹なのは君の方だよ。しかし、お互い譲り合っても腹の足しにはならないから、二人で半分ずつ食べよう」と笑いながら瞬く間に二人で平らげてしまった。

二十分ほど休憩していると、名も知らぬ小鳥が時折目に留まる。気分はますます上々だった。後は十六、七キロの行程で段々下り道に向かうので、登りの時ほど疲れない。そのうちに苦労もなく平野に下り着いた。

適度に小休止を取りながら歩き続けていると、午後になって幾分か日差しが強くなり、恵須取川の上流に当たる、大きい茶々川の雪解け水が氾濫して、五十センチから一メートルほど雪の積もった平野一帯が水溜りになっていて、橋の上などの欄干の頭が少し見えるだけ。洪水とは違うので激流に巻き込まれる心配はないが気持ちが悪い。

堀田氏の話では畑の溝に落ちて水死した人もあるとのこと。水溜りの中を歩くのだから、流石に足が冷たい。そしてはかどらない。腹も空いてくるが空腹の言葉は目下禁物だ。ただ黙々と足を交互に動かすのみ。

そのうち遠くにぽつぽつと農家らしきものが見えだした。

やっと勇気づいて、まだ日のあるうちに一軒の農家にたどり着いた。ところが一日中、日光を浴び、歩き続けて俄かに「ごめん下さい」と玄関に入ったので、中は真っ暗で何も見えない。暫くボーッと立っていると、中から「アラッ、堀田さんではないですか、そんなところに立っていないで、中にお入りなさい」と声をかけられ、段々周囲が見え始めた。

その家は昨年「恵須取町」から入植した、恵須取の名士で町会議員だとのこと。当日は主人は留守だったが奥様はどこか品がある方で、こんな山小屋に住む人とは思えなかった。

後に堀田氏が語ったところによると、この方は俳人で、彼は夫人の門下生だったとのこと。なるほどと頷かされた。

焚火で暖を取っていると、急に空腹を覚え、恥ずかしながら二人の「腹の虫」が奇音を発し始めた。咳払いで誤魔化しても無駄だ。

とうとう夫人の耳に入ったらしく、「何も御馳走がありませんで」と大きな蕎麦練り団子を二つ三つと焼いて出してくれた。

まるで、謡曲「鉢の木」で佐野源左衛門《げんざえもん》尉常世《つねよ》が、大雪の夜に旅僧に身をやつした北条時頼《ときより》に秘蔵の鉢の木を焚いてもてなしたという故事そのままである。

二人は「旨い、旨い」と夢中で平らげたので、夫人は笑いながら「こんなものが旨いなんて、余程お腹が空いていたのでしょう」と言う。

そこで堀田氏が「実は……」と握り飯失敗談を披露したので大笑いになり、更に焼きジャガイモを御馳走してくれた。

やっと満腹した二人は、一時間ほども休ませてもらい、厚くお礼申し上げて、夕方に五百メートルほど離れた高台の、旧部落にある草屋根の飯場のような素人宿に泊まることにした。堀田氏が連絡していたようで、宿では魚の刺身などを出してくれ、小さな風呂に浸かって、その夜はゆっくり休むことが出来た。

こうして難行苦行した茶々部落の調査も済み帰路についたのだが、翌年はこの一帯に多数の集団入植者があり、新市街の中心地に立派な「上恵須取郵便局」が開設された。

国境線視察

今の我が国は四面環海、陸上に国境線はないが、当時は朝鮮と満州国との間、それに加えて樺太には、ソ連との間に国境線が存在した。

昭和十一（一九三六）年二月、東京では天下を驚かせた二・二六事件が勃発し、騒然としていたが、十月に西海岸の国境にある「安別《あんべつ》」に、特定郵便局を建設することが本決まりになったので、私はその準備のための調査を命じられて出張した。

その数キロ南にある「名好《なよし》」に一泊し、地下足袋履きの徒歩で出発、これから先は道らしい道はない。

名好を出て「西柵丹《にしさくたん》」まではまだよい方だったが、それから先は断崖の下か、洞窟の中を通り抜けるので、ふと郷里の小学生時代の「走り」を思い出し、これでは郵便逓送や配達人の苦労は並大抵ではない、と思いやられた。

「沃内《よくない》」からは局長内定者が道案内についてきてくれたので、沿道の状況をよく見聞きしながら歩き、国境の安別部落に到着して、旅籠のような旅館に二人で泊まって汗を洗い流した。

村の駐在巡査が、監視を兼ねて「カメラ」を持参して国境線まで案内してくれると言うので、安別局長と四人で出掛け、二十分ほどで小高い丘の、北緯五〇度線に着いた。

十月を過ぎてはいたが、まだ雪の季節までには間があった。

国境標識を前に、三人は背広姿に収まって記念写真を撮り、測量当時の起点である天側点に立って天を仰いだ。

眼下はもうソ連領だ。また間宮海峡から向かい側に、遥かに沿海州の連山が薄青く延びていて、「ここが日本の最北端なんだ」との感を新たにした。

その九か月後の昭和十二（一九三七）年七月、逓信省で航空郵便及び速達郵便を開始すると

国境標識を前に（左）安別局長（右）沃内局長

いうので東京に出張を命ぜられた。

会議には、朝鮮、台湾、関東（ユーラシア大陸の遼東半島先端部と南満州鉄道附属地を合わせた租借地で、明治三十八年の日露戦争終結後、ポーツマス条約に基づいてロシアから日本に租借権が移行した地域）、南洋、及び樺太など各地から、それぞれ関係者が招集された。

その当時の逓信省は、震災後の「バラック」平屋建てで、会議は郵政局の係長以上が多数、それにほとんどが逓信省からの古参者の天下りで構成される航空会社の人々が出席していた。みんなが非常に熱心に説明を聞いているが、樺太には情けないことに未だ航空路がない。従って航空便もない。

それで種々説明を聞きながら考えたことは「遠方からの郵便物は、北海道から航空便を利用することにすれば、相当な効果があるはずだ。帰ったらそのことを復命書に意見として書き添え、早速大改革をしてみよう」と、細大漏らさずに熱心に会議の経過を記録した。

規格係長の紹介で、すぐ上に放送局がある愛宕山下の逓信同窓会館に宿泊できた。ここには旧友が勤めていると言うので、早速放送局を訪問して内部を見学させてもらったが、その頃は今から見ると実に幼稚なもので、「テレビ」は未だ夢の頃であった。

会議の最終日、「外地の方々で、まだ飛行機に乗ったことのない方は、参考のためご案内します」と言うので朝鮮、台湾、南洋、樺太の四人が試乗させてもらうことになった。

当時の羽田はまだ広々とした埋立地で、勿論、舗装もされていない広場に飛行機が一機ポツンと停まっているだけ。

四人が乗った飛行機は「ダグラス」六人乗りで、当時は最大の物であった。試乗する前に、細々と注意を受け、耳には綿花を詰め込んだ。

操縦士は一級免許保持者。宮城（皇居）上空は遠慮して市街地から東京湾に出て、約二十分間旋回して無事に着陸した。

飛行機に初めて乗った私は、急に都会人にでもなった気分で、鼻高々であった。

逓信省には四、五回連続して通ったので、郵務局の郵務関係各係長と懇意になり、会議が終了した当日は、夕方から盛大な懇親会が催され、郵務局長をはじめ各関係部課長、係長、また航空会社役員等多数が参加しての大宴会だった。

函館郵便局に以前いたという郵務集配係長が「二次会をやろう」と言いだし、南洋、朝鮮、樺太の三人が「函館君」に引っ張られて吉原遊郭見学ということになってしまった。

全然不案内なので一切係長任せ、一人当たり二円五十銭ずつを前払いで徴収された。困ったことになったと思いながら、「南洋君」に耳打ちをして隙を見て逃亡することにして、言い出しっぺの「函館君」と「朝鮮君」がそれぞれ自分が買った相手と一緒に各々部屋に入ってしまったのを見届けるや、相手を残したまま「南洋君」と一緒に外へ飛び出した。ところが二人とも田舎者だから帰り道が判らない。

相談したり通行人に聞いたりして「へとへと」になってやっと宿に帰りついた。それでも二人連れであったので交番の御厄介にはならないで済んだ。

この経験は、私には笑うに笑えない「ナンセンス」なものだったが、「我々凡夫が足を向けるところではないという生きた経験」は人生の大きな教訓になった。

帰る前日、「南洋君」と二人だけで遊覧バスで東京見物をしようと、宮城、三越百貨店、銀座、乃木神社、靖国神社などを見学し、靖国神社前で小休止した後、遊覧者一同で記念撮影した。

こうした色々な見聞を広めて逓信課に帰ってからは、課長、係長をはじめ関係係員に復命会を開いてもらい、逓信局郵務局とも細部にわたって、打ち合わせをしたうえ、早速樺太管内にも、速達郵便及び別配達郵便を実施する方針で計画に着手することになった。

養父の死と、従妹との結婚

養父は、従姉妹達が見舞いに来てくれた事もあって、その後大分快復したが、昭和十二（一九三七）年五月に突然中風《ちゅうぶ》に罹り、寒さが増してきた十月末に、数え年七十四で人生の幕を閉じてしまった。

「養父には四十年間随分心配を掛け、また可愛がって貰った。生みの親より育ての親と言うが、その通りだ。何のご恩返しも出来ず、殊に不慣れな地、豊原に転勤してからは、本当に苦労を掛けた。誠に申し訳ない」

仕事の鬼で、家を顧みなかった私はひどく落ち込んだ。

ただ一つ、養父に顔向けが出来た親孝行は、三年越しの結婚話も漸く纏まり、年内に大阪で式を挙げるところまで話が進行した事を告げることが出来た事で、これを聞いた養父が、安心して目を閉じてくれたことが唯一の慰めであった。

私は心から父の冥福を祈るとともに、これからは自分の人生に正直に向き合い、幸せな明るい家庭を築きたいと父に誓った。

養父の死によって、式を延期しようかとの話も出たが、大阪の義兄が式を挙げる事にして準備を進めていた事もあり、予定通り昭和十二（一九三七）年十一月三十日に、義兄が設計した、大阪の心斎橋筋に立つ近代的な五階建ての「瓦斯ビル」で細やかな式を挙げた。

新婚旅行も義兄の計画で、天保山から内海航路の紫丸の一等船客となって、別府温泉に宿が取ってあった。

ところが翌日、市内見物を終えて宿に帰ってみると、旅館の一部が支那事変の傷病兵たちの臨時保養所になっている事を知った。

この年の七月に盧溝橋《ろこうきょう》事件が起き、発足間もない近衛内閣は、事件の不拡大を打ち出したが、何故か現地では停戦協定が守られず戦火は拡大していく。

当時の大陸では、力を過信した蒋介石が、反日運動を利用して日本軍に攻撃を仕掛けていた

夏の豊原駅前通り風景

のだから協定が成立するはずはなかった。

　そして二百名余の在留邦人が虐殺された「通《つう》州《しゅう》事件」が起き、遂に日本軍は「討伐」に踏み切り北京に入城する。これを受けた蒋介石は、八月に上海に戦火が飛び火するよう画策し、やがて中国全土に戦火は拡大していく。宿の戦傷者達は、この支那事変で負傷した将兵達だったのである。

　国は正に動乱中なのであった。これを見た私は「この非常時に、新婚旅行でもない」事に気付き、二人で相談して、保養所にお見舞いとして、二人の一日分の宿泊料にあたる二十円を贈り、予定を一日繰り上げて帰阪した。

　従兄は「何かあったのか」と心配顔であったが、訳を知ると「そうか、それは良いところに気がついてくれた。これから後も、その気持ちで暮らすのだな」と二人を励ましてくれた。

　樺太に戻る直前に、折あしく妻・華子は歯痛に襲われた。かかりつけの歯科医師に相談すると、奥歯三本を抜歯する緊急措置を施され、一か月後に義歯を入れると言う。

十二月六日に豊原に帰ったが、樺太の夏しか見た事のなかった華子は、馬橇がやっと通れるだけの駅前の積雪を見て衝撃を受けたようだ。

そして気温が急激に変化したせいもあって、華子の歯痛がぶり返すが、家には年老いた養母と女中が待ってくれていた。


数日後に逓信課の幹部たちに心ばかりの披露を済ませると、翌年昭和十三（一九三八）年一月中旬に華子の歯を根本的に治療する為、私は一度義兄の所に里帰りさせて、暖かくなるまでの間保養させてもらいたいと義兄に依頼した。

やがて五月の初めに、華子は大阪に残してきた引っ越し荷物と同時に、豊原に元気になって戻ってきた。

こうして豊原にも草花の芽が顔を出す頃、心機一転して再び任務に取り組むが、早いもので、逓信課の規格に来てから七年になっていた。

「規格」とは、読んで字のごとく一つの仕事をする段取りとその実現を意味する逓信省独特の呼び方であり、「企画、又は計画」を意味する。

仕事が一通りわかってくると、従来の型にはまった進歩も発展もない規定に縛られた中に閉じこもって、「事勿《ことなか》れで過ごす月給取り根性」の者の存在に疑問が生じ始めた。実現した仕事が世のため人のために喜ばれるようでなければ役所ではない。従ってこの任務に当たる者は「創意工夫とたゆみない努力が必要だ」と私は確信していた。

日進月歩の世に、旧来の型に満足して安閑としていると、取り残されてしまう。それでは自分だけではなく通信事業自体が遅れてしまう。

それだけにこの部署は働き甲斐のある仕事で、自分には最適の役割だと気が付いた。そしてふと、子供の頃に占い師が自分の手相を見て、適職は「キ」に関係がある仕事をすれば、成功すると言われたことを思い出し、その「キ」は「規格のキ」だったのかもしれない、と独り苦笑した。

すると計画する仕事一つ一つに興味が増して来て、仕事に没頭している時が自分には一番楽しかった。

第六部　国境

国境・浅瀬に出張

昭和十二（一九三七）年盛夏の頃であった。東海岸国境付近の「小泊《こどまり》」部落にも特定郵便局を置くことになり、その準備のため国境の浅瀬《あさせ》郵便局までの出張を命じられた。ここは国境・北緯五〇度線の東端に当たる僻地である。

行きは海路、帰りは陸路ということで途中の地況も視察する予定を組んだ。船は「敷香」を出港、「東多来加《ひがしたらいか》」「能登《のと》」に寄港し北知床岬を廻って陸地と、オットセイが群れる海豹島《かいひょうとう》との間を通過し外洋の「オホーツク海」に出る。

「小泊」「浅瀬」までの樺太庁の命令航路で、敷香工業株式会社所有船、五十二トンの木造小型発動機船「第三神幸丸」が就航している。

朝九時の出帆で敷香からの乗客は私を含めて七、八名程度。客室は甲板上にある畳三畳敷程度の粗末なもので、客はその中に雑魚寝をするのだ。

「多来加」湾内は波が静かだったので、甲板に立って沿岸の状況と周辺の風光を眺めていることにした。

アイヌ語で、突出した岬という「東知床岬」と海豹島との中間を航行する時はオットセイが船の傍に頭を出し驚いて潜り込む様は、愛嬌があって実に面白かった。

海豹島のオットセイ

本船には逓信課の電話工事用の電柱の腕木を沢山積みこんでおり、私が担当している命令航路船でもあるので、一応船長に敬意を表して沿岸の状況などについて、いろいろ参考になる話を聞かせてもらった。

船が岬から外洋に出る頃になると、急に霧が濃くなり、時々霧の晴れ間から断崖が覆いかぶさるようにぬっと現れ、思わずゾッとすることもあった。

やがて外海に入ると、遠くソ連に続く、オホーツク海の波が、まともに船腹を洗うので、船が揺れ出した。

霧はますます濃くなり、海岸の岩に打ち付ける波音が聞こえるので、船は徐行を始めた。その時突然、「ドドッ」と鈍い音響と共に船が止まってしまった。暗礁に乗り上げてしまったのだ。

船内にはざわめきが起きた。間もなく船長が客室に来て「海図にもない小さな暗礁です。しかし天候が良いので心配なことはありません。無理をしないでこのままで、翌朝の四時ころの満潮時まで停船しますから、心配せずにお休みください」と言って立ち去った。

付近には全く人家もない。無人の岬を漸く廻ったばかりの海原で、船客一同が不安の一夜を過ごすことになってしまったのである。

午前四時近くになると、流石に北国の洋上だ。肌寒い。それに風が少々出て来たので船は小波に揺られて「ギシッギシッ」と不気味に揺れる。

それから約一時間後に、寄せ波に合わせてエンジンをかけたらしい。船体が「ズズー」と音を立てて大きく横に揺れると同時に波に浮き上がった。船内では時を移さず「離礁した」と船員が触れて回った。

こうして「小泊」に入港したのは午前十時ころであった。

海岸は遠浅の砂浜で、船着き場も防波堤もない。その上風が出てきたので、浜辺には白波が打ち上げている。

やっと艀が本船に着いた。船長は婦人客を含めて老人客を先に上陸させ、私は次の艀に乗ることになった。

波は次第に荒くなってきたので、二回目は上陸する船員含めて全員が乗り移って波打ち際に着くと、船頭が「どうぞ」と合図したので、波の合間を見て、注意しながら踏み板を小走りに飛び降りた。ところが次から降りてきた客が波打ち際で大波に追いつかれ「アッ」と言う間に波の中に巻き込まれてしまった。

幸い、艀人夫が直ぐに飛び込んで救助したので命に別状はなかったが、洋服の上着やズボンのポケットには、砂が一杯入って、濡れ鼠とはこのこと、気の毒で見ていられない。

海岸から五十メートルほど上に待合所があるので、部落民はお互いに協力し合って着物類を持ち寄り、洋服を仮洗いするやら、いろいろと世話をしてくれるのだが、その真剣な態度には全く敬服した。

お蔭で一段落したので、出迎えてくれた局長内定者と一緒に局舎の敷地、区内の状況などを詳細に調査して旅館に引き上げ、翌朝早々に国境の「浅瀬」に向かった。

「浅瀬」郵便局長は、豊原局で面識があったので、彼の案内で、雄大な浅瀬川一帯の松材の貯木状況や、貯木の上に鮭や鱒が飛び跳ねあがったまま死骸となっている有様、また水面が魚の群れで湧き上がっているのを見て、なるほど、魚類の宝庫だな、とただただ驚くばかりだった。

局長は冬期間の逓送には犬橇を使っていると自分で飼育している樺太犬二頭を見せてくれた。

毎日の餌のことを尋ねると「鱒の干物で十分だ」とのこと。「それは部落民から購入するのか」と問い返すと、局長は笑いながら、「夏の間に大きな攩網《たもあみ》で二、三回、あの川からくみ上げて来て二枚に裂いて乾燥させれば、十分だ」と、納屋に貯蔵してある実物を見せてくれたので、開いた口がふさがらなかった。ところ変われば生活様式も変わるものだ……。

局長の案内で区内を一巡したが、道が険しいのと時間の関係で国境線までは行かずに引き返して、当日は国境の浅瀬明治屋旅館に一泊し、翌朝は逓送人と一緒に「多来加」湾内の「野《の》頃《ころ》」まで一直線に山越えして帰途につくことになった。

途中は人間が辛うじて通れるほどの細道で、「佐連《されん》」「鳴子《なるこ》」「散頃《ちりころ》」「法文《ほうぶん》」などの小川があるが、どれも橋がない。

地下足袋のままで膝まで水につかって向こう岸まで渡るのだが、川の中には産卵のために川を遡る鮭、鱒の群れに邪魔されて足が運べない。

その点逓送人は心得たもので、適当な棒を持って魚を叩き殺しながら渡って見せてくれた。川の両岸には鱒の腐臭が匂っていて、ハエが群がっている。これじゃヒグマも飽きることだろう……。

ところがこの山越えには、思わぬ強敵が待っていた。熊か？　蛇か？

勿論それもあるが、待ち受けていたのは無数の「やぶ蚊」であった。

林の中でも草原でも、彼らには区別はない。ちょっとでも立ち止まると「ワンワン」と音を立てて襲われる。

それで山の中に入る前に部落の小店で麦わら帽子の下に蚊帳《かや》で作った袋を着けて袋の底を首に縛り付け、軍手を二重につけて武装するのだ。

時にはヒグマにも遭うという。しかしそれは稀にある事だが、蚊は毎日で昼夜の区別がないので、熊よりも恐ろしいという。

「浅瀬」から「野頃」まで約九十五キロの行程だが、途中で米国の西部劇に出てくるような駅逓二か所に泊まり、三日間でやっと野頃部落が見えた時は、急に先が明るくなったようで、まるで大都会にでも来たような気がした。

この間の強行軍では、全く足が乾く暇がなかったので水虫にやられてしまい痛痒くて仕方がなかった。

しかしこれも職務のためだと我慢して、「野頃」郵便局長の案内で、その夜は旅館らしい宿の客になれた。

私はこの数日間の僻地での体験を通じて、通信業務に携わっている人々は、都会人の想像も及ばない特別の苦労があるものだと身に染みて教えられ、組織が成立するためには、ピラミッドの底辺を支えて苦労している者達が大勢いることをひと時も忘れてはならないことを強く教えられた。

日ソ間、郵便物交換に立ち会う

昭和十三（一九三八）年四月二日に、逓信省側の代表として、「日ソ間外国郵便物交換」の最終便に立ち会う交通部長に随行するよう命令を受けた。

この頃樺太庁には交通部が設けられ、鉄道、逓信、土木の三課は交通部の所管となっていたが、初代の伊藤交通部長が樺太庁長官代理として出席することになった。そこで交通部長と共に再び国境の半田沢《はんださ》に向かった。

豊原・落合間は樺太庁営鉄道（通称「庁鉄」）で、落合から終点の敷香までは樺太鉄道株式会社経営の私鉄（通称「樺鉄」）に乗り替える。

樺鉄では長官代理の初度巡視とのことで、交通部長のために通常は連結していない二等車を特別に連結するという「サービス」ぶりで夕刻敷香に着いた。

駅頭には敷香郵便局長をはじめ、敷香支庁長、同警察署長その他名士多数が出迎える。そして昭和四（一九二九）年に閑院宮殿下が行啓され宿泊された思い出の宿、指定旅館「山形屋」に宿を取った。

その夜は官庁恒例の大宴会が開かれ、虎の威を借りるキツネではないが、部長に随行する秘書と私は上席に据えられたので肩が凝るばかりだった。

形の如き支庁長の歓迎の辞に対する部長の訓示が終わり、開宴となると、次々に部長の前後にかしこまって、まるで「やくざの集まり」のような「杯のお流れ頂戴」の人垣ができ、あとはドンチャン騒ぎ、九時過ぎに漸く散会したので秘書と二人で一足先に立って部屋で足を延ばしているところに部長が入ってきて、二人ともこっちへ来いと言う。

かつて、宮様がお泊まりになった部屋で、三人で雑談しているうちに部長と秘書が囲碁を始めた。

部長が先手で開戦したので、私は無関係、もっぱら観戦役。二番で終わったが部長の連勝であった。

私が見たところでは秘書の腕が勝っているようで、負けるのに苦労しているように見えた。ところが部長は上機嫌で「内藤君は碁はダメか、マ一番来い！」と言うので、「満足にわかりませんが、それでは一番だけ教えていただきましょう」と黒の先手で立ち向かった。

双方とも真剣に考えているが秘書から見たら「下手な考え……」に見えただろう。まぐれで勝ってしまった。

すると部長は「もう一番来い！」と言う。結局二番とも勝ってしまうと部長は「飲んで打つと頭がぼけて駄目だ。もうやめよう」とようやく幕を引いた。

「明日は強行軍なので早く休みましょう」と部長に挨拶し、秘書と退室して床に入った。

ところが宿で気掛かりな話を小耳に挟んだ。一月に有名な女優がここに泊まったのだと言う。普通ならこんな僻地の旅館なのだから名誉なはずなのに、公にできない何かがあるようで、お忍びだったのか？　とその時は気にも留めなかった。

翌三日の朝は好天であった。北緯五〇度近くの寒気は格別で、氷点下三〇度を下回るので、足の先の感覚がなくなって千切れそうだ。

当日は「タクシー」で終点局、国境線手前の「毛屯《けとん》」まで約七十五キロの強行軍だ。道が良ければ大した問題はないのだが、中間の「保恵《ほえ》」部落まで来ると、その先は積雪が多くて車が進まない。

郵便物交換日時は明四日正午と定まっている。定刻に遅れるようなことになると国際問題になりかねない。ことに日ソ国交関係がだいぶ緊張している折でもあったので気が気ではない。

部長と秘書は何を考えているのか、駅逓の大きなストーブの傍で、心地よげに「グースカ、グースカ」と寝込んでいる。

「保恵」部落は小さな部落で巡査駐在所もない。思案に窮した挙句、駅逓の主人に今回の任務を打ち明けて馬橇を準備してもらうようお願いした。

主人は早速森林主事駐在所に行って協力を求め、山子《やまご》という山稼ぎ人の家に行って、主事のお声がかりもあり臨時に馬橇を仕立てることが出来た。

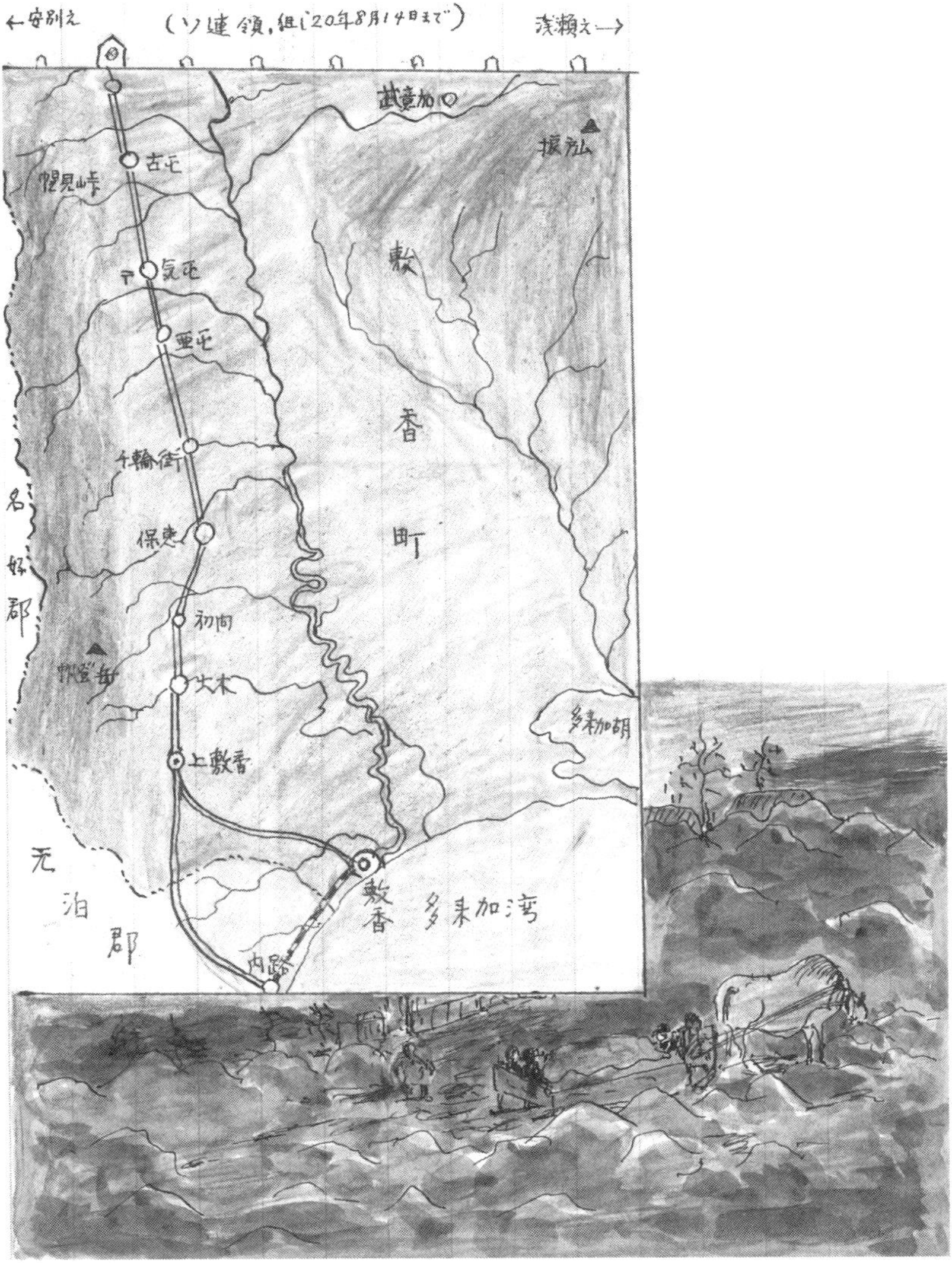

国境見取り図と馬橇のスケッチ

夕刻になって主人はやっと駅逓前まで馬橇を引いてきた。

「気屯」郵便局には明朝四時ころまでには到着できる見込みだから、ソ連行きの郵便物はよく点検して確認しておくこと、「部長は到着次第、旅館でちょっと休憩させるから旅館の方も手落ちのないように手配をお願いする」と連絡を済ませて、寝込んでいる部長と秘書を起こして出発を告げた。

ところが部長は目をこすりながら「こんな道の悪い処では馬橇なんか転覆してしまうから乗らん」と駄々をこねだす有様。

この時私は「何の苦労もしていないこの部長は正直子供じゃないか？」と思うほど腹立たしかった。そこで「悪路と言っても雪道です。転覆しても生命にはかかわりません。転覆したらそこで降りてもいいではありませんか。我々の今度の任務は明日正午、国境でソ連側と本年最後の郵便物を交換するための出張だということをお忘れではないでしょう」と部長の顔に穴が開くほど睨みつけてやった。

部長は「こいつ、生意気な奴だ」とでも思ったのであろう。大きな目玉をギョロギョロさせて、やはり睨み返してきたが、何と思ったのか素直に馬橇に乗ってくれた。

「どうやら部長は私の気持ちが分かってくれたらしい」と私は思った。

晴れた夜なので、寒さはひとしお身に染みる。橇の中には布団と毛布二、三枚と、湯たんぽが二つ入っているので、凍傷の心配はない。

部長と秘書は再び寝込んでしまった。私は御者が居眠りしないよう、一睡もしないで話し相手になってやり、予定した通り、「千輪街《ちりんがい》」「亜屯《あとん》」という小さな集落を通って、夜明けの四時ころ、「気屯」部落に入ることが出来た。

部長と秘書をすぐに毛屯局長が旅館に案内し、私は局長代理に指図して、明日の準備万端を整え、食事もそこそこに定刻午前八時に出発して、最後の集落である「古屯《ことん》」を通過し、国境の「半田沢」に向かい、郵便物交換場所には、定刻の三十分ほど前に到着した。空はどんよりと曇っていたが穏やかな日和だ。

敷香警察署長は別行動で、既に半田沢国境警備のため警察官宿舎に到着して待機中であったが、早速十名ほどの武装警察官を指揮して国境線上付近でソ連側の到着を待っていて、「なかなか規律厳正」のように感じた。しかしこれには理由があった……。

女優・岡田嘉子らの国外逃亡事件

少し話がそれるが、この頃は国際情勢が大分厳しくなっていたので、樺太庁としても、国境警備に万全を期するため、半田沢と本庁の間に無線連絡の道を開くことになった。そこで警察部から逓信課に「警察官には通信技術を習得させたいので指導願いたい」と申し入れがあり、私もその講師に加えられ、約三か月間指導していた。一回目は三月末に終わり、約三十名の修了者を送り出していたのだが、たまたま今回の警備警官の中に、その内の一人が入っていて、「内藤先生ですね」と声をかけて挨拶に来たから嬉しかった。

部長は、懐かしげに会話している二人の姿を傍で見て、怪訝な顔をしている。二人の関係を簡単に説明すると、「そうか」とにっこり笑っただけであったが、実はこの国境地帯では、警察幹部らによる大失態が起きていたのである。

そこで国境警備が強化されつつあったのだと思われたが、樺太庁の高官でもその直接の理由を詳しく知る者はいなかった。

国境は、丁度三か月前の昭和十三(一九三八)年一月三日に、女優の岡田嘉子《よしこ》と愛人の杉本良吉がソ連に越境逃亡して、日本中の新聞に「愛の逃避行」などと騒がれた同じ場所であった。

部長は敷香警察署長から、当時の状況説明を受け、熱心且つ興味深そうに聞いていたが、おそらく自殺を図った〝前任者の行動〟は伝えられなかったことであろう。

皮肉にも、岡田らが越境逃亡したという若い報知新聞記者が本社に宛てた第一報は、敷香郵便局から発せられたのであった。

この事件は、「山田隆弥《たかや》主宰の舞台協会が公演した『出家とその弟子』で一躍スターダムにのし上がり、映画界にも進出した女優・岡田嘉子が、内縁関係にあった山田を捨てて映画の相手役・竹内良一と失踪して結婚。その後更に共産党員である杉本良吉と恋に落ち、杉本が軍隊に召集されることを怖れた二人が、ソ連側に越境した事件」とされ「ソ連側に通じて計画的に潜入か」などと報じられた。

その意味からは「恋多き女性」だが、「恋の逃避行」などと美化された記事で済ませられるものではなかったのである。

昭和十二（一九三七）年の暮れ、中央省庁での会議を終えて帰樺中であった樺太庁特高課長が、稚泊連絡船の二等車内で、想いもかけずスクリーンの女王に出会っていた。

彼女は車内で「国境警備警官の慰問に行く」と言葉巧みに特高課長に接近して歓心を買い信用させた。

航行時間が八時間もある稚泊連絡船である。その二等車内で課長は彼女に〝過分な接待〟をしたようだが、彼女は腹の中で笑っていたことだろう。

しかも特高課長ともあろう者が、彼女に同行している杉本良吉を不審に思うことなく、彼の名前や素性を質さなかった。他方彼女の頭脳の回転は速かった。

「敷香の署長さんにもお電話して頂戴」とこぼれるような笑みを浮かべて課長にねだったのである。

「わかったよ……」媚態を示す大女優のおねだりに特高課長は屈した。そして特高課長から電話を受けた敷香警察署長は、唯々諾々と歓待にこれ努めた挙句、馬橇や宿屋の手配までも直接各派出所あてに指示をしたらしい。

翌年の一月三日、奇しくも岡田らの〝逃亡〟当日、多来加の出初式《でぞめ》に出席した敷香警察の警部補が「岡田嘉子らが十二月三十一日敷香に到着し『山形屋旅館』に泊まった。元日には女将が案内して署長官舎を訪れたので、署員数名が集まって、新年会を兼ねた宴会を開いた」と報告された。これを聞いた警部補は、「第一線の署長が人物や目的など見極めることもなく、官舎に上げて馳走するとは何事か！」と上司の無能ぶりに激怒したと言うが、時すでに遅かった。

何よりも信じられないのは〝女に弱い〟特高課長の行動であろう。しかし事は〝穏便〟に処理され一部の者しか知らなかったようだ。

「馬鹿な大将敵より怖い」と言うが、是では辺境の地の警備など、隙間だらけで、現地の警官がいくら真面目に勤務しても成果は上がるまい。

利用された馬橇屋の主人は、杉本に拳銃で脅され越境させられたと語っている。いずれにせよ、全ては後の祭りであった。

特高課長は、東京帝国大学出身の「高等文官」であって、いわば世間知らずの〝お坊ちゃん育ち〟だったと部下たちは噂していた……。

翌年から日ソ間には数々の衝突事件が起きる。ノモンハン事件がそうである。そして昭和十五（一九四〇）年には、こともあろうに近衛首相の側近に有名なゾルゲの手が回っていたのだから、北緯五〇度の酷寒の地、樺太の国境警備の落ち度だけを責められたものではなかった。

しかし、戦後判明したところでは、越境した杉本はソ連側に直ぐに捕らえられ、日本のスパイとして拷問され、同時に捕らえられた岡田の自白が元ですぐに処刑されたといわれている。岡田嘉子はその後モスクワ放送局でアナウンサーとして生き延びたが真相を語らぬまま他界した。

私は「恋多き女」という岡田嘉子の越境事件を報じる記事を読んで、最初に渡樺した時に長浜郵便局で体験した「大捕り物」を思い出し、女は魔物だ……と不愉快な気分になったものだ。

元より、国境での撮影は厳禁されているが、部長にもおそらくこのような機会は再びないだろうと考え、内密に局長代理と相談し、部長には口止めした上で、日本側の、人が一人入れる程度の見張所の節穴から、二、三枚撮影させ知らん顔をしていた。その後写真を見た部長が大喜びしたことは言うまでもない。

二百メートルほど前方には、ソ連軍の監視台が見えている。正規軍がいるという話だ。間もなく前方の雑木林の中からソ連側の馬橇が現れた。

通訳の話ではソ連側の護衛は「正規軍」だとのことで、武装した軍人が五、六人ついてきた。郵便交換責任者は北樺太の「オノール」郵便局長とのことであった。

上：待機する日本側。
下：帰って行くソ連側武装軍人と馬橇。日本側の左端に立つのが私。

昭和十三（一九三八）年四月四日正午（日本時間）、日ソ双方は国境線、と言っても線が引いてあるわけではないが、その仮想の線を中心にして一列横隊に整列し、私とオノール局長との間で、郵便物の授受を済ませた後、部長と私が順にオノール局長と握手を交わし、期間中のお礼を言い、数分にして劇的な交換の一幕が無事に終了した。

しかしこれが日ソ間の最後の郵便物交換の場になり、永久に終わったのだということを、神ならぬ身の知る由もなかった。

交換が終わると、樺太にしては珍しく、ポタリ、ポタリと綿雪が落ちてきた。お蔭で寒さが和らぎ、のんびりとした周囲の情景に部長は上機嫌になり、通訳に対し「オノール局長は何と言ったのか？」と聞いた。

通訳は「これをご縁に今後ともよろしくお願いします」と言っていたと答えると、部長は「なかなかお世辞を言うものだな」と笑った。

緊張した日ソ郵便物交換業務も無事終わったので、本当に肩の荷を下ろした気分で部長に対して「お蔭様で無事に任務を果たさせていただき、有難うございました」と礼を述べ、更にいくら行程が遅れる事を心配したからとは言え「保恵」部落で馬橇に乗り換える時に部長に「無礼な態度」を取ったことを詫びた。

すると緊張がほぐれた部長も「よかったな～」とニッコリと微笑み返した。

帰途は幸い雪もやみ、だいぶ良くなった道を「幌見峠《ほろみ》」を右に眺め、雪の国境付近の風景を楽しみつつ、気屯部落に馬橇で帰りつき、ここから三人で車に乗り替え、沿道の集落を次々と通過し、「上敷香」まで来て小休止。ちょうどここが敷香方面と「内路《ないろ》」方面との分岐点になっているので、左に折れて敷香に直行した。

ここまでの沿道はどこの部落も造材業が盛んで、いたるところにある貯木場の広いこと、材木の多いことには、ただただ驚くばかりだった。

帰途の車内で直言

敷香からはまた樺鉄の、借り上げ状態の二等車に乗る。部長に手招きされたので、部長の前に向かい合わせに座ったが、秘書は反対側に席を取ってのんびりしていた。

部長の態度は全く一変していて、打ち解けていた。

そして信頼したからか笑いながら「内藤君、逓信課の連中は、僕のことをやかまし屋だとかしつこいやつとか煙たがっているらしいな」と切り出した。

私は「中野課長か係長クラスの誰かのことだろう」と気付いたが、正直に「給仕までも嫌がっているという噂は耳に入っておりますが、真偽のほどは分かりません」と笑いながら答え、次はまじめな顔で、

「しかし私は小遣い役のようなもので、部長にお会いする機会も少ないし、お目にかかっても用件だけをなるべく簡単にご説明申し上げ、ご決裁を頂いて帰るだけですので、一度もそんな

ことは感じません。今後もそんなことはないと信じております。

今部長から問われて、私個人として考えられることを率直に申し上げますと、部長ご自身は、決して意地悪をしておられるとは思いません。その理由は、部長は着任後未だ日が浅いので、通信事業の大綱は勿論十分ご存じでしょうが、細部にわたっての計画その他については、書類を一見されただけではご納得はできない。そうかといって沢山の書類を一々始めから終わりまで読んでおられたのでは書類が停滞してどうにもならないことでしょう。

それで部下は、書類を見ればわかる式ではなく、要点を簡単明瞭に、ご説明申し上げれば、不審の点はその場で質問され、ご納得が得られたら直ぐに印を押して下さるはずです。

それをやかましいことを言わずに印を押したらよいではないかと、仮にそう考える部下在りとすれば、そういう部下こそ部長が信頼できないから、印も押さない、究極まで説明を求める、ということになるのではないでしょうか。

要は、部下は任せていただけるように誠意を持って仕事をしていればいい、と私は思っておりますが」と部長の顔を見上げた。

部長は「そうだよ、そうだよ、君の言うとおりだよ」と頗《すこぶ》る上機嫌だった。そんな話で時の経つのも考えずにいたら、いつの間にか豊原駅に着いた。

国境への出張から帰ってからは、相互に気心が通じたのか、部長は、私が書類を本庁に持ち回りした時は、来客中など多忙な時でも決して待たせなくなった。

「何か？」と言われて要点を説明すると、「そうか」と直ぐ印を押してくれる。時には「今長官がいるから急いで秘書課に行き、決裁をもらいたまえ」と指示することもあった。

ある雨降りの日に、部長室をノックすると、独りきりで書類に目を通していた。そして顔を上げると、「君、この雨の中をなんで来たのかね？」と言うので、笑いながら「歩いて参りました」と答えると、部長は「逓信課でも連絡用の自動車くらい買わなければならんね」と言いながら、玄関前に交通部長用の専用車を回し、「帰りは僕の車に乗っていき、その帰り車で逓信課長をよこしてくれ。課長には電話しておくから」と書類は何も見ずに印を押してくれた。

人間は相互信頼ということがどんなに大切なものであるか、とつくづく悟ったのだが、それ以上に学んだのは、書類に不備があって部長を裏切るようなことがあってはならない、ということであった。

しかし良いことばかりが続くわけもない。

この日以来、逓信課長は私に対して、「部長から質問されそうな書類は、内藤君に持たせてやれ」などと、課内で何かと嫌味を言うようになる。

入れ替わりで部長に呼ばれた逓信課長は、何かのミスを厳しく指導されたらしかった。

このような課長だから、部長がますます信頼しなくなるのだな、と不愉快さを自分だけで抑えていたが、むしろ哀れにさえ思えた。

ところが、それがさらにエスカレートした。逓信課長は、内地本土のある県の一等郵便局長として転出することが決まり、近々樺太を去るので、例によって逓信課幹部だけで内輪の送別会が開かれた。その席上で、たとえ酒の席だとはいえ、一同の面前で私は課長から名指しで罵倒されたのである。

第七部　転身

呆れた上司の仕打ち

しかもその内容たるや、全く風聞に過ぎない上、プライバシーにかかわるものであった。「君は細君を内地に帰したそうではないか！　僕はそんな君は大嫌いになった。それを聞いたのでそれ以降は君を一切出張させないことにしていたのだ」

これを聞いて私は唖然とした。

家内を内地に帰した理由は樺太に来る直前に歯痛で奥歯三本を抜歯され、その後の治療のために従兄の所から通院させているだけだ。

「一斑《いっぱん》を見て全豹《ぜんぴょう》をトす」という諺があるが、妻を病気治療のためにお互い諒解の上で内地に帰したことが、自分の勤務に悪影響があったというのなら別だが、誰から何と聞いたか知らないが、理由も知らずに、ちょっと小耳にはさんだ噂話を信じ、それだけで離縁でもしたと思っているのか！

部下の真情を把握しないにも程がある。そして短絡的に、何のために他人の家庭のことに無用な干渉をするのか。こんな軽率な人間は上司とは思えない。

大勢の面前で個人的なことで侮辱を与えるとは何事か！　終生許しがたいゾと激怒したが、その場は歯をくいしばって耐えた。

その時、東京の逓信省での会議に参加した時、関東庁から来られた人品の良い温厚な金子事務官から、「逓信課長とは学友だが、あいつ、細君が精神を病むように仕向けるなんてひどい奴だ」と言いかけたので、「私は課長のご家庭のことは何も存じ上げていません」と口を挟むと、「ああそうか、それでは聞かなかったことにして、この話は終わりだ」と金子事務官が話題を変えられたことを思い出した。

「そうか、学友の金子事務官さえも……」

それで伊藤部長にも信頼されていなかった理由にも納得がいった。

見かねた友人たちが陰で慰めてくれるが、それよりこんな尊敬できない上司と近々別れることになったことが嬉しかった。

同時にこんな低レベルの人間が「役付きになる」役所の不思議さ、更にこんな人間に尻尾を振って栄進しようとする胡麻擂り輩のなんと多いことか。問題は、世間知らずの「特高警察課長」の存在だけではない。

これが宮仕えと言うのであれば、官僚は国民を裏切っているのであり、あまりにも馬鹿げたことだ。

今も昔も、男の胡麻擂りと嫉妬ほど始末に負えないものはない。宮仕えの宿命と言うべきであろうか。

仕事の鬼と言われても一切気にも止めずに、ひたすら全力疾走してきた身としては、この事件を契機に漸く立ち止まって自分の足跡を顧みようとする機会が訪れたことに逆に感謝した。

逓信路線の大改革

逓信課長の後任には、全く性質が異なる温厚な方が着任した。「待てば海路の日和あり」と厄払いでもしたい気分であった。

規格を担当して約七年、漸く事業計画にも自信がついてきたので、昭和十三（一九三八）年度の予算編成準備にあたり、常々逓送請負制度について根本的な改革の必要性を痛感していたので、実現すべくこれまで調査した資料を示して、係長に進言した。

長い間の請負業者との腐れ縁による馴れ合いの継続で、何年間も何の進歩も改善もないのみか、短距離の間に業者が乱立することによって、受命者間の連絡不十分、請負経費の割高など、種々の弊害が多い。

特に西海岸「久春内」「名好」間の約二百キロを三区間に分割して、三業者に命令を出すことは意味がない。

それでまず試験的にこの路線を一本化して樺太庁直営に改める方針で、詳細な実施計画を立てて年間の経費、それに初年度は「トラック」の購入費も加わるので、総額六万円を計上した。

六月に入ると、樺太庁で通信事業特別会計予算の審査会議が開かれ、逓信関係からは伊藤交通部長、新・逓信課長、規格課長、郵務・電発各主任と会計課長、別に工務関係から工務係長が出席、本庁側からは棟居《むねすえ》俊一長官、内務部長、財務部長ほか各係長が参加して、長官室で開かれた。

まず、内務部長が進行係兼査定責任者で、当時の逓信課の郵便費総額は六十万円であった。内務部長は順次説明を聞きながら、査定を始めたが、逓信改善問題については理由も聞かずに「これは在来通りでよいではないか」と全面削除をしようとした。

あっけにとられた私は、彼も業者と癒着か？　と一瞬疑ったが、その時長官が、「君一寸待ちたまえ。画期的な計画ではないか。立案者、ちょっと説明してみたまえ」と内務部長の発言を遮った。

その瞬間、長官室はちょっとざわめいたが、本来ならば、逓信課長か規格係長が総括説明すべきものだが、規格係長が「内藤君」と名指しした。

そこで立ちあがって、主旨、利害得失、経費について簡単に説明すると、長官は頷きながら聞いていたが、説明が終わるや、「経費は大丈夫かね」と反問しながら、「出そう！」とツルの一声で無修正のまま樺太庁案として拓務省に廻されることに決まった。その時初めて長官の前で説明して問題なく通過したので、私はほっとした。

交通部長、逓信課長を始め、関係者はニコニコ顔で、「長官の前での口述試験に合格したな」とからかわれた。

棟居長官は、温厚な方であってやはり最高責任者はこうあるべきだ、と感じ入った。自分が認められたからではなく現在組織が抱える問題点をよく了解されたと感じたからである。しかしこの問題が解決した裏には、意外な事実があった。

昭和十四（一九三九）年正月号の「樺太逓信記念雑誌」に請負三等局制度を全廃して内地の特定三等局に準ずる方法、即ち局長手当を増額、事務員など従業員の給料は直轄、局舎料は一般標準家賃並みに引き上げることとし、消耗品諸雑費などの経費だけを渡切りに改める。その場合の年度額と、現在の渡切経費との比較を示し、どれほどの増額によって、これを実施し得るかについての点を説明した投稿が「狩月」という「ペンネーム」で発表された時に、部長らがそれを読んだらしく、電務主任に「これは逓信課の者だと思うが、知っているか」と問われた誰かが「郵務の内藤君です」と答えると「これは本腰を入れて検討する必要があるね」と言ったと言う。

これを聞いて私は「これは逓信省にも関連する大事業なので、まず今までの調査研究を積んできた各種の資料や統計などによって、じっくりと研究」していたのであった。

しかしこの問題はそれからが大変だった。大蔵省査定で計画はそのまま通過したものの、経費が半減されて国会を通過してしまったのである。

「品物を百買ったのに五十で我慢せよ」というような問題ではないのだ。この仕事をするのに、節約して六万円の金が必要だ、と言うのでその内容を詳しく記載してあるのに、三万円にされたら、トラックの購入も運転手の給料も皆半減されることになり仕事が出来ないではないか。


政治折衝だか何だか知らないが、予算審議などデタラメなものだ、と腹立たしかった。そのことを財務課から聞いた係長は頭痛鉢巻きだ。課長室で代案を相談するため二人で課長室に入った。そして咄嗟に代案を案出したのである。


それは直営にはこだわらない。但し運営方法を変えるという方式であった。

在来の自動逓送受命者であるこの区間の者の内で、これまでの成績が良好で信頼できる一業者に、運転手付き「トラック」を毎日一台提供することにし、車及び人身事故一切の責任は受命者が負うことにする。

これで年間三万円では実費程度で経営は成り立たないと認められるので、その代償として冬季間、自動車の運行不能となった時の馬橇の臨時逓送便もその業者に一括下命することを条件とする。

この冬季臨時逓送では、沿道の三等局長が馬橇屋に下請けさせて相当の収益を上げている事を知っていたので、これには下命されなかった業者及び一部の沿道局長から苦情が出ると思うが、在来の惰性的一部の不当利益は改めねばならない。

勿論、課長も係長も異存はない。しかし業者の選定はどうするか、誰がその任に当たるか、との話になった。猫の首に鈴をつける役選びである。

私は「担当者として一切の責任を持ち、課長と係長に替わってお膳立てをして、相手に納得させるに十分な統計資料を持っております。実績も成績も調査済みです。私に担当させていただきます」と言って三業者代表を招集し、請負逓送から脱皮する時機が到来したことをよく説明し、近日中に受令者を内定して通知するから特命を受けた会社は利害を抜きにしてやっていただきたい、と申し渡して引き揚げてもらった。

こんな強いことを言い渡しえたのは、私は過去数年間、業者との交際は甲乙なく、また公務については一切私情をはさまないこと、業務に当たっては自分の良心に恥じない行動をとること、常に冷静に正しい行動をとっていた事、贈答、饗応その他一切の誘惑には近寄らなかったこと、これらの点について幸いにも自分は酒を一滴も飲まないので、業者との間に私的交際もなく、何らやましい処もなかったから、堂々と話すことが出来たのだ、と恩師、松本局長の温顔を思い出していた。

実施計画は予定通り進められ、直通路線開通の前日の昭和十四（一九三九）年三月二十一日、始発の「久春内」局に出張し、翌日第一便出発についての指図を前夜中に完了した。朱塗りの「トラック」の両側には大きく白色で逓信課の文字が浮き出ている。局前には付近の人々が物珍しそうに「消防車と間違えた」などと語りながら集まっていた。

こうして私は、数年間の夢の一つを実現することが出来た。

これは皆、「相互信頼」のお蔭で、何の不安もなく断行することが出来たので、長官はじめ伊藤交通部長、長野新逓信課長、係長ほか、同僚各位の理解と協力に、深く感謝したのであったが、樺太庁電信官として一区切りがついた気がした。

家庭を顧みて猛省する

まず大泊局に在任中の八年間は、まだ養父母を援助して物質的に一家を支えていけるように成長しただけで、生活の実権は両親が握っていたので平穏であったと言えた。

だが昭和三（一九二八）年に豊原郵便局に転勤したのを境に、生活の内容が大きく変わっていった。

両親は大泊での旅館業を廃業して豊原市民となって以来、環境の急変に加え、隠居生活の味気なさで次第に活気がなくなり、まだ六十代であったが俄かに老人染みてしまった。

豊原は大泊よりも幾分寒かったので、家族の病気は絶え間がない。それに加えて自分の公務上の責任は益々重くなる。

殊に昭和六（一九三一）年、逓信課に転勤してから後は、仕事の為に生きているようなもので、今考えてみると、渾名の通りに機械的な「仕事の虫」になってしまっていた、いや、むしろ周囲の環境の変化からそうならざるを得なかったと言った方が当たっていた。

その結果、仕事だけに没頭し、家庭は家族任せで殆ど顧みる余裕がなかった。そしてついにその酬《むく》いがきて、父を失い、北海道の実父母も失った。三十七歳の晩婚の妻は、強烈な悪阻《つわり》でこれまた油断が出来ない。

大事を取って市内の病院に、予定日の一か月前から入院させたのだが、結局予定日より二十日も早く人工分娩で長男が誕生した。

医師は「立派に育つ」とは言ってくれたが、人工分娩なので体力の点が心配で、何としても丈夫に育てなければ、と強く自分に言い聞かせた。

今後の決意については、過去の反省と懺悔とが交錯して、数日間考え抜いた挙句に、やっと次の三点に気が付いた。
一、これまでは生活の為に、ただ働く事のみを考えていた。
二、公務（仕事）の為に家族を犠牲にしていた。
三、仕事の為に自分までも犠牲にしていた。

結論が出た。今度は家族の幸福の為に、自分が犠牲になろう。それが人生で一番大切なことだ。それにはまず、気候に恵まれた暖かい国に転居する事を考えよう。幼い長男が零下三〇度に耐えられるはずはない。そこで第一に家族の健康を守ってやろう。

今までの、収入さえ多ければどんな所でも幸福な生活が出来る、と考えていた事が間違っていたのだ。

内地に移れば、収入が減少する事は確かだが、足らざるは自分の力限りの努力で補おう。そして家族が皆で健康に、笑顔で生活するようになろう。それが、長男が誕生した昭和十四（一九三九）年八月二十七日の、満四十歳の私の決意であった。

矛盾の多い官界

長い官界生活で見せ付けられた事は、矛盾だらけであった。

役人根性とも、また月給取り根性とも言っているが、確かにしみじみ考えさせられる事が多かった。

「正しいものは虐げられ、悪賢い要領の良い胡麻擂りは、寵愛されて栄進する。何よりも、胡麻擂りを寵愛する盲の上役が多い事。その結果、気骨のある人材は黙して去ってしまう」

いや、官界ばかりではない。世の中一般がそうだといえる。それが人間の生存競争というものかもしれないが。

こんな汚れた中に、いつまでも浸っていては、自分も汚れてしまう。

人格者として尊敬していた松本局長も、郷里鹿児島に帰って行ってしまった。他に、真に信じ得る人物は実に数少ない。何とかして早く、樺太から出よう。

「大志」を抱いて渡樺し、「人間到る処青山あり」と養父に激励され、一度は新開地・樺太の骨になる覚悟をした身ではあったが、そのあまりにも〝初心な〟理想は、身の回りの醜悪な大人たちの行動によって打ち砕かれた。しかし誇りはまだ残っていた。

それは国家事業である樺太庁の電信業務開拓の一端に関わり、広大な南樺太の原野に自らの足跡を残したことであった。

この地を去る決心をした私は、事柄の如何に拘わらず、逓信課時代の総決算のつもりで、次のような「樺太に居る間の足跡」を記録していたが、昭和十五（一九四〇）年一月現在で、普通局五、集配特定局七十六、無線局二、計八十三局のうち、自らの足跡を残した局は五十九局にも上っていた。これが誇りでなくてなんであろう！

足跡を顧みて

一、亜庭湾内（東海岸）の各局

（一）「大泊」＝大正六（一九一七）年七月、「男子志を立てて」郷土を後にし、初めて足跡を残した処。ここの郵便局窓口で北海道に残してきた父に「無事到着」の電報を打ち、そして同年秋に涙を呑んで「今帰る」と電報を打ったところであり、大正九（一九二〇）年三月に、再度渡樺してここに採用され、以後豊原郵便局に転勤するまでの八年間を過ごした終生忘れられない処である。

（二）「大泊無線局」＝大恩人・松本光廣先生が初代局長をしておられ、語学を習うこと二年、その間三、四日ごとに出入りさせてもらった脳裏に刻みこまれた処である。

（三）「女麗《めれい》」＝大正六（一九一七）年、長浜局時代に大泊の親戚宅に往復の度に窓口に立ち寄った。

（四）「長浜」＝十九歳で初めて渡樺した当時、大正六（一九一七）年七月から十月まで務めさせてもらい、種々学んだ処。

（五）「遠淵」＝逓信状況調査で立ち寄った。

（六）「弥満《やまん》」＝「札塔《さっとう》」郵便局設置の時、逓信状況及び集配区域調査で立ち寄った。

（七）「札塔」＝郵便局新設準備のため、局長内定者と一緒に出張し、当庭旅館付近に落雷して驚かされた。中知床岬が直ぐ左手に見えて、夕景がとても美しかった。

二、亜庭湾内（西海岸）の各局

（一）「大泊・楠浜」＝占領前の旧市街で、丸太造りの官舎などが多く、大泊局に居る当時はよく訪ねた。年度末の金櫃（金庫）検査にも出張した。

（二）「留多加《るうたか》」＝亜庭湾随一の市街で奥地に出張の時よく立ち寄った。

（三）「多蘭内《たらん》」＝元逓信課監督係長が、大泊局を退官後この特定局長になり、その後長男が後を継いだ。

（四）「雨龍《うりゆう》」＝友人の父が局長をしていて、地況調査で出張した時、友人と局長の三人で区内を一巡し、その夜は身の上話など語り合った処。ちなみに離樺に際し、置き土産として家屋敷を石炭二トン付きで全て彼に譲渡した。

（五）「泥川」＝大泊局時代の先輩が初代局長で、地況調査で出張した時歓待して貰った。

（六）「内砂《ないしや》」＝地況調査で立ち寄った。

（七）「知志谷《ちしや》」＝地況調査で出張した折、西能登呂岬灯台付近に電信工員の駐在所があり、そこに工手一家が住んでいるので訪問し、灯台を見学させて貰った。稚泊連絡船がすぐ眼下を通るし、向かい側の中知床半島も薄青く見えて景色が良いが、風が相当強いとのことだった。

三、中央部の一部各局

（一）「豊原」＝昭和二（一九二七）年七月から六年（一九三一）六月まで三年ほど勤務（その後は樺太庁の逓信課勤務）で、豊原市には通算約十三年間、四十二歳までの本籍地でもあった。
（二）「並川《なみかわ》」＝市内の電信事務を扱わない集配局で、地況調査で立ち寄った。
（三）「小沼《こぬま》」＝農事試験場があり、養狐業が盛んな土地だ。地況調査と金櫃（金庫）検査で行き、鶏の刺身を出されて閉口した。
（四）「川上炭山」＝三井系の炭山で規格係の清遊会で川上温泉まで行った。炭鉱だけの部落だ。
（五）「大谷」＝地況調査で行った。
（六）「落合」＝樺太鉄道の起点。製紙工場で成り立っている町である。地況調査で立ち寄った。
（七）「喜美内《きみない》」＝大泊から富内に出る中間で、大泊局時代に開局指導で出張した。

四、東海岸の各局

（一）「富内《とむない》」＝局長の葛西猛千代氏とは懇意にしていた。氏は、樺太庁巡査部長で「アイヌ語博士」と言われていた方で、離樺する時に「アイヌ語集」の原稿を記念に下さった。

(二)「栄浜」＝「知取」の火災応援に行った時立ち寄った。

(三)「白浦《しらうら》」＝地況調査に行った処。

(四)「真縫《まぬい》」＝西海岸奥地に出張するときはここから真縫山道を通って「久春内」に出ると便利なので往復の度に立ち寄った。

(五)「元泊《もとどまり》」＝奥地への出張の時に立ち寄った。

(六)「知取」＝火災応援後、地況調査に行ったが、町はすっかり復興して局舎も立派になっていた。

(七)「新問《にいとい》」＝樺太鉄道が、敷香まで延長される前の終点だったので、奥地に出張する時は必ず立ち寄った。

(八)「敷香」＝電信事務のため出張。

(九)「多来加《たらいか》」＝「浅瀬」からの帰途に立ち寄った。

(十)「野頃」＝「浅瀬」からの帰途一泊した。

(十一)「小泊」＝局設置準備に出張して北知床岬で座礁遭難し、「オホーツク」海上で一夜を明かした忘れられない処である。

(十二)「浅瀬」＝浅瀬川で、鮭・鱒が群れをなし川の水が沸き立っているのを目撃して驚いた。「安別」から「浅瀬」までの国境約百キロある北緯五〇度線まで足跡を残したことになる。

五、奥地（中央部）の各局

（一）「上敷香」＝日ソ郵便物交換の他、逓送状況及び国境警備隊が駐屯することになったので、集配地区拡張計画などで度々出張した。豊原郵便局当時の先輩が、退官と同時に此処の局長になったので、よく昔話をした処でもある。

（二）「気屯」＝日ソ郵便物交換の立ち会いに出張した時立ち寄った。

六、西海岸南端から北端までの各局

（一）「宗仁《そうに》」＝地況調査で立ち寄った。

（二）「十和田」＝大泊局当時、稚内から来た林君が退官後局長になった寂しい漁村だ。ただ、西海岸南端なので幾分気温が高い。

（三）「南名好《みなみなよし》」＝集配区域拡張計画で奥地まで出張した。

（四）「内幌《ないほろ》」＝「本斗」から南樺太鉄道が通じており、逓送、集配状況改良計画で出張した。当時「怒るのはアッタリ前でしょう……」の流行歌で有名になった芸者「美智奴」の出生地と言われて有名になった。

（五）「本斗《ほんと》」＝西海岸庁鉄線の終点。稚内・本斗間連絡船の発着地でもあり、ちょっとした街である。年末年始事務の指導や、内地便の受け渡し状況調査などで数回出張した。

（六）「真岡」＝西海岸随一の都会で、定員調査や年末年始事務の指導などで度々出張した。波止場は樺太島との最後の別れになった場所でもある。局長以下幹部数名が埠頭まで見送りに出てくれた忘れられない場所でもある。

（七）「南泊」＝地況調査で出張。

（八）「野田」＝地況調査で出張。

（九）「泊居」＝「真岡」同様、西海岸の普通局で、地況調査などで度々出張した。市内には製紙会社があり、工業だけの町だ。

（十）「大栄《たいえい》」＝地況調査で出張した。大栄炭鉱の露天掘りを見学した。

（十一）「久春内《くしゅんない》」＝東海岸「真縫」から山道を通って、西海岸に出る交通の要路である。又、庁鉄西海岸線の終点でもある。北部に出張する時は必ずここに立ち寄るので、局長には大分迷惑をかけた。

（十二）「留久志《るくし》」＝奥地「久春内・名好」間の直通逓送線開始の時に立ち寄った。

（十三）「小田州《おだす》」＝無集配局だが、開局の時、長官代理として参列祝辞を述べた。

（十四）「珍内《ちんない》」＝逓送状況調査集配区域拡張計画などで出張した。炭鉱地帯で活況を呈していた。

（十五）「鵜城《うしろ》」＝「珍内」と同じ。
（十六）「天内《てんない》」＝逓送状況調査で奥地に行く途中で立ち寄った。局長は非常に絵が旨い方であった。
（十七）「恵須取《えすとる》」＝西海岸奥地第一の都会で昭和十五（一九四〇）年には普通局に昇格した。定員調査や年末年始事務指導でも出張した。
（十八）「塔路」＝炭鉱開発で急激に発展した地で二、三回出張した。
（十九）「北小澤《きたこざわ》」＝ここも炭鉱地で、局設置調査などで数回出張した。
（二十）「名好」＝自動車逓信の終点で、逓送路線一本化の時には勿論、ここまで出張したし、「沃内」局新設時にも立ち寄った。
（二十一）「西柵丹《にしさくたん》」＝地況調査及び奥地に出発の時、立ち寄って一泊した。
（二十二）「沃内」＝前述。局新設時出張した。
（二十三）「安別」＝当時日本最北端の北緯五〇度にある特定郵便局。すぐ隣の岬の陰はソ連領だった。
（二十四）「上恵須取」＝前述の「恵須取」から奥地に入った局。

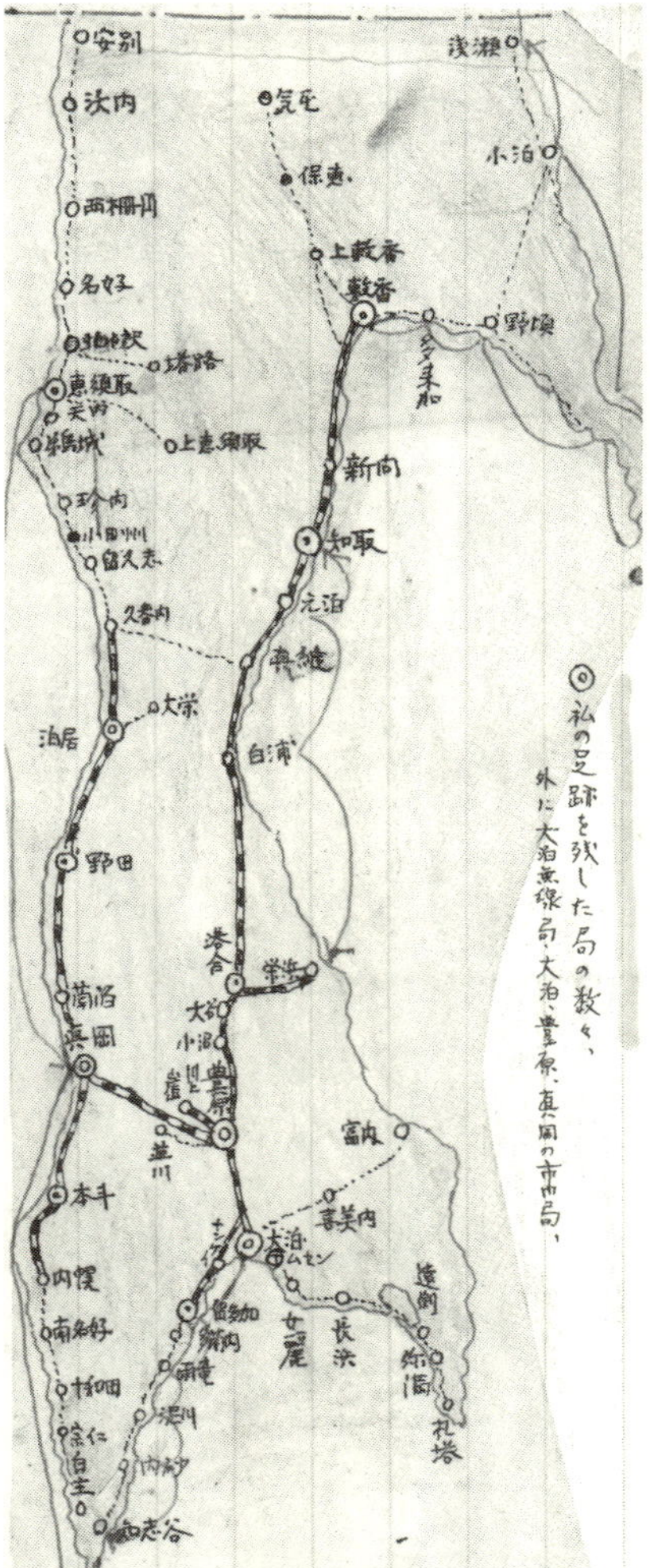

私の足跡図のメモ。点線＝陸路・洋上は船便利用

さらば樺太よ

昭和十五（一九四〇）年三月、福岡市から、全く初めて聞く差出人名の航空便が届いた。もしや？　と思い、開封すると「ただ今、佐世保市相浦町に主として帝国海軍佐世保鎮守府用の六万キロワットの発電所を新設工事中、四月頃には日本発送電会社に引き継がれるべきもの。事務員として貴殿採用方、お世話してみたく存じ候」とあり、採用の条件が書いてあった。差出人は、大阪の茂雄兄の妻の実兄、即ち、華子の義兄その人であった。聞けば相浦とは「風光すこぶる明媚」とある。

冬の北海道や樺太で殺風景な雪ばかりの中で暮らしていた身には、紙面から暖かく、仄々としたのどけさが感じられ、妻と子のためにも、行くことに腹を決め、出張を明日に控えていた工務課の杉本技師に極秘で相談した。

杉本技師はクリスチャンで、人格者だったので、謡曲や囲碁をよく楽しんだ仲で尊敬していた。

杉本技師は話を聞くなり「僕自身だったら飛んでいきたいよ。樺太のような狭い処で今以上に出世したところで失礼だが普通局長が関の山ではないか。ここは男が一生住むところではないよ。直ぐに決心して退職が円満にできるよう課長にお願いしてみなさい」と助言してくれた。

ところが実に残念なことに、翌日奥地に出張した杉本技師は旅行先で倒れ、急遽戻って豊原病院に入院したが、翌日急逝してしまった。

この出来事は何かを暗示しているようで実に不思議で、決心がつかず迷っていた私の背中を押してくれたのだと感じた。私は杉本技師の冥福を心から祈り、その助言に従って退職を決断した。

退職を申し出た当時は、第二次世界大戦の兆しが濃厚になっていた時だったので、満州国に高跳びする下心があるのではと思われたらしい。

何処まで勘ぐる気か！　と呆れたが、「君には未だやって貰いたい仕事が沢山ある」云々と慰留されたりもした。

しかし私の決意は堅かった。〝頭を低くして〟お願い申し上げ、五月六日付で漸く依願免となった。

荷造りも終わり、昭和十五（一九四〇）年五月十三日に豊原駅から真岡まで鉄道（豊真線）で出発した。その日は真岡市内を見物して、翌朝真岡港から小樽まで、北日本汽船の新造船・白海丸（二九二一トン）に乗り込んだ。

幸い海は凪で動揺も少なく、船も大きくて新しいので気持ちが良い。

妻と甲板に出て、真岡から南の西海岸の景色に見入った。

「本斗」「内幌」「南名好」等の部落を左舷に、右舷には海馬島《とどじま》がぽっかり見える。養父の掛軸にあった七言絶句「人間到る処青山あり」を改めて思い出し、「そうだ、これから向かう九州の地に青山を求めよう」と思った。


こうして、妻と生後九か月の長男の健康を心配した私は、二十年余住み慣れた樺太を去ったのであったが、その五年後の昭和二十（一九四五）年八月九日に、日ソ不可侵条約を一方的に破ったソ連軍が、私らが苦労して調査して歩いた北緯五〇度の国境線から侵攻して来た。

そして八月二十日には、我々一家が最後に樺太を離れた真岡の港に砲撃を加えて上陸し、真岡郵便局では電話事務員（交換手）が集団自決するなど、町は阿鼻叫喚《あびきょうかん》の地獄に変わる。

ソ連軍は、日本軍の軍使を射殺したため日ソ両軍が衝突するが、大本営の厳命で日本軍が矛を収めたため、ソ連軍は豊原に進駐し、奇しくも長男が六年前に誕生した同じ日の八月二十七日に、樺太庁長官に「命令に従うよう布告」して停戦となる。

そして同時に、自分が自ら切り開いてきた各地の局は、職員とともに雲散消滅する悲劇に遭い、中にはシベリア送りになった者もいたのである。

そんな悲劇に見舞われようとは、神ならぬ身の知る由もなかった。

邸内の白樺林と赤レンガの樺太庁長官官邸・通称〈白樺御殿〉

厚生省の資料によれば、昭和十九（一九四四）年末当時の樺太在住邦人は約三十九万人、兵員は一万九千人だったというが、その多くが犠牲になった。そしてまだ完全に解決されてはいない。もし、自分があのまま樺太庁の役人として豊原に残っていたとしたら、友人らと同じ運命をたどっていたことは疑いない。「人間万事塞翁が馬」という。

あの時、飛躍を勧めて背中を押してくれた杉本技師の姿が忘れられない。

思い切って列島を縦断し、新天地を求めて長い旅に出る決意が固まったのも、杉本技師のお蔭であった。

紀元二六〇〇年を迎えた昭和十五（一九四〇）年五月十四日、二度と見ることはないであろう、わが青春が詰まった、眼前に広がる樺太島に、無言の別れを告げる私と家族を乗せた白海丸は、陸続きの西能登呂岬灯台を間近に通過し、小樽へ向けて一路宗谷海峡を南下していた。

完

監修を終わって

軍事評論家・元空将　佐藤守

この回想録は、実父・佐藤芳次郎の手記のうち、樺太時代を整理したものである。

明治・大正・昭和・平成と、四代の御世を九十二歳まで生きた父の遺品の中に「海山を越えて」というタイトルの、百五十頁程のノート八冊に細かい字でビッシリと書き込まれた日記が出てきた。ノートには、几帳面にもその時々の写真や図面も貼ってあるので、それ自体が既に立派な「自叙伝」だったが、見開きの次のページに、「序文に代えて」と題して、こう書かれてあった。

〈我々平凡な家庭には系譜は勿論、先祖の記録として残るものは戒名ぐらいのもので、殆どは肉体の消滅と共に永久に消えてしまうのが普通である。それで、もしも何かの事情で先祖の事を知りたいと思っても、自分の父母か祖父母までぐらいが関の山で、それ以外は全く知る事が出来ない。近頃の流行語になっている、人間性の欠如とか、親子の断絶とかいう問題も、親子関係の範囲が狭められてしまった事にも原因があるのではなかろうか。それはとも角として、私は自分の知っている範囲内での、佐藤家の先祖の事柄を記録に残し、それに自分自身の一生を通じての波乱を、日誌その他から拾い集めて子孫の為に残しておこうと思い、昨四十七年九月以来、一年有余の歳月を費やして、一応纏め上げてみた。平凡な事柄ばかりだが、これからの処世上に何かの参考にでもなれば望外の幸せだと思っている。〉

この日記は正に父の遺言であり宝物である。個人的な内容であるから、私家版として保存しようと考えたが、その中の樺太編について青林堂の蟹江社長に相談すると「これは我が国から消された貴重な歴史書です」とごく少数だが出版が決まった。

文中の「内藤芳之助」は父の養子前の実名、母は旧姓小野しも子であるが、「芳之助」と横並びにするため華道師範名「華月」の「華」を取って「華子」とし、時系列的に整理すると共に、氏名、旧仮名遣い、表現などを少し手直しした。

尤も父は、お世話になった方々を実名で書いているし、不都合な方は「仮名」としている。すでに一世紀に近い過去の歴史だが、樺太と言う〝新領土〟の開拓に日本人が命を捧げた歴史的事実の一部は残しておきたいと思う。

私は、平成一三（二〇〇一）年と一五年に現地を訪問し、亡き親族供養のため観音経の写経を樺太神社の御神殿跡に納めてきたのだが、現地は荒れ果てたままで、昔の日本の建築物が数多く残されていたから、改めてソ連軍の無法さに怒りがこみあげてきた。犠牲になった同胞に哀悼の誠を捧げるとともに、思いがけず親孝行させていただいた青林堂の蟹江磐彦社長に心から感謝申し上げたい。

写経を埋める　荒れ果てた境内

私が生まれた「高田病院」(現在は軍病院)

北緯50度の記念碑

国境のレプリカ（昔の博物館）

佐藤守（さとう　まもる）

防衛大学校航空工学科（第7期生）卒業後、航空自衛隊に入隊。戦闘機パイロット（総飛行時間3,800時間）を務める。外務省国連局軍縮室に出向。三沢・松島基地司令・南西航空混成団司令（沖縄）を歴任し、平成9年退官。NPO法人岡崎研究所理事・特別研究員。軍事評論家。主な著書に『戦闘機パイロットという人生』『安保法制と自衛隊』（青林堂）『宇宙戦争を告げるUFO知的生命体が地球人に発した警告』（講談社）。

ある樺太廳電信官の回想

平成30年7月20日　初版発行

著　　者　佐藤守
発 行 人　蟹江　幹彦
発 行 所　株式会社 青林堂
〒150-0002 東京都渋谷区渋谷3-7-6
電話 03-5468-7769
装　　幀　奥村　靫正 TSTJ Inc.
印 刷 所　中央精版印刷株式会社

ISBN978-4-7926-0629-9